# 到南方分手

巴 克/著

天津出版传媒集团

百花文艺出版社

图书在版编目（CIP）数据

到南方分手 / 巴克著． -- 天津 ： 百花文艺出版社，
2024. 12. -- ISBN 978-7-5306-8975-2

Ⅰ．I247.5

中国国家版本馆 CIP 数据核字第 2024U5M218 号

**到南方分手**

**DAO NANFANG FENSHOU**

巴克　著

**出 版 人**：薛印胜

**责任编辑**：李　爽

**装帧设计**：吴梦涵

**出版发行**：百花文艺出版社

**地址**：天津市和平区西康路 35 号　　邮编：300051

**电话传真**：+86-22-23332651（发行部）

　　　　　　+86-22-23332656（总编室）

　　　　　　+86-22-23332478（邮购部）

**网址**：http://www.baihuawenyi.com

**印刷**：三河市华东印刷有限公司

**开本**：880 毫米×1230 毫米　1/32

**字数**：180 千字

**印张**：8.25

**版次**：2024 年 12 月第 1 版

**印次**：2024 年 12 月第 1 次印刷

**定价**：58.00 元

如有印装质量问题，请与三河市华东印刷有限公司联系调换
地址：三河市燕郊冶金路口南马起乏村西
电话：19931677990　邮编：065201

# 目 录
CONTENTS

1/到南方分手

69/浮头鱼

127/熬过夏天

201/无处可逃

到南方分手

# 1

　　见面是她提议，地点却是我定，小城标志性的古桥很容易找到，而且她走过来也很方便。此刻，恩波桥上就站着我们两人，桥的一边，靠近桥头位置，守着几个算命人，另一边是广场，游人寥落。

　　见面寒暄了两句，我说："哎，你真的是太漂亮了！我绝对没有想到你有这么漂亮！"刚才当我逐渐走近她时，就感到自己呼吸越来越急促，几乎有一种快要窒息的感觉。

　　她莞尔一笑，说："你比我想象的要年纪大一点儿。"

　　"当然喽，比起你来，我是年纪大了点儿，可是也不算老吧。"我笑道，顿了顿，又说，"走，我们往江边走，我带你看一看现实中我美丽的家乡！"关于富阳，我们在 QQ 上聊过几句，但总归有些抽象。

　　一会儿，我们走过恩波广场，到了富春江边，紧挨着古朴的青石护栏，眺望江面。江水呈浅蓝色，微波荡漾。稍远处的亲水平台边，簇拥着十几只乌篷小渔船。江面浩阔，缓缓东流。我向她介绍了一下富春江，我们谈论了一会儿元代大画家黄公望以及他那幅意义深重的《富春山居图》，又背诵起那篇千古流芳的美文——南北朝朱均的《与朱元思书》，只背诵了部分："自富阳至桐庐，一百许里，奇山异水，天下独绝……"

背诵结束，我又拿手比画着说："我们所在的这个位置，是眺望富春江的最佳位置……你看，对面那一块叫春江街道，是造纸工业园区。东面那座山叫鹳山，西面那座山叫鹿山，中间形成了一道圆弧，一个开阔的江湾……你有没有觉得，站在这里眺望江面，有点像是湖面，甚至是海面，有种无边无际的感觉……东面那露出一角的，是一个岛，叫新沙岛。如果从高空俯瞰，就好像是一片漂浮在江面上的绿叶，现在正在大力发展旅游业。而西面那座正在建造中的大桥，以后会是一座非常漂亮的彩虹拉索桥。"

听完，她微笑着说："你可真是一个好导游！"

我笑而不语。是啊，我热爱家乡，口才又不错，尤其是当着美女的面，发挥得更好。我觑了她一眼，不敢直视她的脸，目光虚虚地落于躯体。估摸着，她净身高应该一米六五左右，上穿米色薄毛衣，下着石磨蓝牛仔裙，脚踏白色运动鞋，肤白貌美，青春洋溢，而且还是素颜。

我抬起头来，和她目光对视了一下，说："哎，你还没告诉我名字呢，见了面，总不能还用网名称呼吧？"

她一笑道："那倒是。好吧，我姓沈，沈阳的沈，叫曼萍，'曼'是快慢的'慢'去掉一半，草字头的萍。怎么样，这名字是不是有点俗？"

"嗯，没你的网名有个性。"她的网名叫"怀念鱼"。我曾问过她有什么寓意，她没认真解释。

"那你的真名呢？马克也是网名吧？"她问。

"嗯，真名叫何阳，人叫何，太阳的阳。"其实呢，马克也是我的笔名。作为一名资深又隐蔽的写作者，我用这个笔名发表过一些文章。

"那在银行上班是真的？"

"当然是真的，干吗要骗你？喏，那个就是我上班的银行——建设银行。"我伸手指向西面，也就两百米开外，矗立着的建行大楼。我可没翘班，今天是周六，这会儿本来会在家里上网或者看书，如果不是两点光景非常意外地接到了她电话的话。

此刻三点刚过，江边行人稀少，木头长椅上坐着几位闲人。几名垂钓者，倚着石栏默默伫立，颇有严子陵遗风。时值十月中旬，江畔的柳树依然生机盎然，只是和春夏相比，树叶的颜色显得深暗。绿化带里花团锦簇，姹紫嫣红。天空晴朗，阳光温煦。欣赏了一会儿江景，我带着她继续往东走。一边走，我一边问："那你房子找好了没有？"刚才电话里，她没细说，只是告诉我昨日抵达。

"还没呢。先住几天宾馆。不急。"她说。

"哪个宾馆？"

"就那边，"她抬手一指，"一家小宾馆，不过还挺干净的。离这儿不远。"

"那你打算待多久？"

"不知道。可能几个月、半年、一年，也可能很快就回去。"

"那是不必急着找房子，等确定了再说。"至于她来干什么，我早就问过。她说有个亲戚在这里，她想来玩儿一阵，又或许会在这里找份工作。什么亲戚，她也没细说。我也不便细问。

"有合适的还是想找，住宾馆太费钱，又不舒服。"她迈着大长腿，和我并排而行。

"要不要我帮你？"

"不用了，反正我这几天也有空，自己找找看。"

"好吧，有需要我的地方，尽管吩咐！"

她侧头看我一眼，嫣然一笑，"那是当然。在这里，我就你一个朋友，不找你找谁？"

被美女当作朋友，荣幸大焉。我挺了挺腰杆，好让个儿不高的自己显得高一点，压迫感减轻一点。

很快我们来到了郁达夫公园。这是一个江滨小公园，以本地名人现代文学家郁达夫命名，包括一小块带绿化的空地，一道弧形木头长廊，一个游船码头，以及一座带院子的小楼，即郁达夫故居，据说是将旧址移位几十米翻建的。我们在长廊里坐下来。我又介绍了一会儿家乡的面积、人口、经济状况等情况。我本想介绍一下郁达夫，顺便带她参观故居，但说了几句，感觉她没有兴趣，就换了话题。等我介绍完，就该她说点什么了。她告诉我她老家是辽宁的，也是一个县城，叫庄河，属于大连，靠近海边，景色也很漂亮，但没有这里繁华富庶。这次她就是从老家出发，先坐汽车到大连，再坐飞机到杭州。然后她就打住了，不再透露别的信息。

十来年后的今天，我依然清楚地记得当时的情景，可能跟她说了庄河这个地名有关吧，因为这也是我一个大学同学的老家。我还和她聊起了这事儿。那位同学毕业后就杳无音信，直到后来有了微信才联系上了。

好了，废话少说，再说回当时。她默默无语，而我又说得太多，接下来就有些冷场了。我正考虑着说点什么，裤兜里的手机响铃了。我掏出来一看，是我妈打来的，连忙接听。我妈问，晚饭回不回家吃？因为我在银行干信贷，应酬比较多，有时候周末也有。我说，待会儿打给你。摁了电话，看了下时间，四点刚过半，我看着沈曼萍，笑道："要不，今天晚饭我请你，初来乍到，就当是给你接风。"

她淡然一笑，"吃饭就算了，一会儿我还要回去整理东西呢。"

"整理东西晚上也行，或者明天。"

"还是以后吧，反正我在这里应该也不会只待几天。"

"那好吧，以后请你。"

"那今天就这样吧，你有事儿了，我也想回去了。"

我们往回走，到恩波公园互道再见。她穿越马路，我继续前行，其实我家离得也不远，就在建行大楼后面一百多米。走了一阵，我停下脚步扭头一望，她快走到桂花路口了，估计就住在右边弄堂里的某个小宾馆吧。刚才我问她房子找了没有，因为我们的相识，就是缘于找房子。我们家那一带其实是城中村，很多家庭就是房东。我们家自建一栋楼，六层加阁楼，上面两层自住，下面全部出租。我爸是老师，尚未退休，租房那些杂事儿全由我妈来弄。两个来月前，有间房空出来了，我心血来潮，就在一个本地论坛的租房版块上发了一个帖子，用意是借助新媒体发布广告。过两天上去看，有人跟帖问：房子怎么样？租金多少？跟帖者就是"怀念鱼"。我回复了几句，她又跟帖，说可能过几天会来，到时候来看房。我问她哪里人，却不肯告知。如此几个回合，互加了QQ，我还给了她手机号码。没想到，之后就没联系了，而那间房很快就租掉了（靠的还是我妈张贴的传统小广告），我也没主动去联系她，直到今天突然接到她的电话。

我一边走一边想，她的年纪最多二十二三岁吧，我没问，因为这是基本礼仪。她来这里做什么呢？唉，在这样的小女孩面前，以我三十二岁的年纪，恐怕已经算是老男人了吧。我蓦然就有了一些伤感。

## 2

周日下午，我在家里写东西，一篇千字文，本地报纸的约稿。四点光景，我将稿子发到编辑邮箱，伸了个懒腰，放松精神，忽然就想到了沈曼萍。登上QQ，没见头像闪动，就用手机发短信：在干吗？对方很快回过来：睡觉。然后我就沉默了。怎么说呢，爱美之心人皆有之，何况我这样一个大龄未婚青年，但只见过一面，加上对方年纪、身份、来这里的缘由等都未明，我也不会太主动，还是应该彼此保持适当的距离。

接下来两天没有联系。周三晚上我有应酬，一家钢构企业转贷一千万，这天放款就请我们吃饭。业务并非由我经办，但老总很热情，邀请了我们全部门人员，部门去了大半，包括部门经理五六个人。吃好饭，八点不到，老总又邀请我们去唱歌，大家就移步去了旁边的一家KTV。进了包厢，刚坐下来，我的手机就响铃了，一看是沈曼萍。我略感突兀，抓着手机跑出去，到一个相对安静的角落。

我说："喂，你好，沈曼萍，找我有事？"

"嗯，"她略停，马上又说，"你在干吗？好像有点吵啊。说话方便吗？"

"嗯，是有点吵，在KTV里呢，不过我出来了，你

　　　　　　　　　　　　　　　　　　到南方分手

说吧。"

她又略停，然后说："想跟你打听一个人，不知道你认不认识。"

"什么名字？"

"喻国灿，口字旁的喻，国家的国，灿是火字旁一个山。"

喻国灿……我默念着，一下子找不出对应的人。她又说："三十不到，老家春江的，家里办企业，叫鸿丰纸业。"

哦，鸿丰纸业，这家公司我知道，还去过一次，和老总有过接触，也知道他有个儿子，但没见过面，也不知道名字。我实话相告："这家公司我知道，老总也认识，叫喻富泉，你说的这个喻国灿应该就是他儿子吧。"

"是是，那你有他的电话吗？"她语气急促。

"没有，父亲的倒是有。不过，要问倒也不难。"

"我就想，你在银行上班，说不定认识。"

"为什么要打听他？"我问，暗自揣摩着两人的关系。

"这个，我不太想说……那就请你帮我打听一下他的电话吧。"

"你不告诉我，我就不帮你。"我语气轻松，开玩笑般。想到前几天她主动的邀约，豁然明白些什么。

她支吾了一下，说："要不见面和你说吧。"

"好，那我请你喝咖啡吧。"这个东北姑娘可能就是在利用我，但也勾起了我探究的劲头。

我又进了包厢，和老总及同事们打过招呼，先行告退。出来后打了个的，去往迎宾路上的"蓝山咖啡"。那地方比较好找，她走过来也方便。

我点了个小包厢，默默坐了一刻钟左右，她来了。今天她换了一套衣服，一身黑，黑色的长袖衫，黑色的阔腿裤，黑色的长头发扎成一把马尾，脸上依然素颜。这一身黑固然把她的肌肤衬托得愈加雪白，但总是感觉有点老气。

待她落座，我便招呼服务员，点了两杯咖啡，再加一个果盘。没等东西上来，谈话便切入了正题。她起先吞吞吐吐，欲言又止，最后终于敞开心扉，一吐为快。

我简略概括一下：他们是恋人，或者说曾经是恋人。前年，她在青岛一家 KTV 里上班，和喻国灿认识了。那时候他也在青岛工作，他舅舅搞房地产，在那边有个项目，他们家也投了一点钱，就让他过去做事。认识了之后，喻国灿就追求她了，很狂热，然后他俩就好上了。今年元旦喻国灿还带她回老家来了，住了三个晚上。虽然他父母亲表面上还算热情，但她知道他们心里并不喜欢自己。果然，到了四月份，父亲把儿子叫了回来，从此他俩就再没见面。他电话停机，QQ 又把她拉黑，完全失联。前天，她去过一趟春江了，他们公司就在村口，他家就在公司旁边。但是，到了那里她又胆怯了，远远地望了一阵，不敢走近。而他们家好像也没人住了，去年就听他说过在城里买了栋排屋，那时候就快要装修完工，估计现在已经入住了吧。她不知道地址，又没有他的新电话，就找不到他，而她这么大老远过来，就是想和他见上一面。

唉，原来是一个为情而伤的女人！可是那个喻国灿，值得她这样做吗？我想，还不是因为他们家有钱！我啜了一口咖啡，低着头说："很明显，他被父母亲说服了，不想和你交往了。那你为什么还要找他？"

"唉，我也知道，可就是心里放不下，我想当面问问他，让他明明白白地告诉我。"她看着我说。

"哼，"我冷笑了一声，说，"我懂你意思了，从东北过来，跑这么大老远，就是为了搞一个正式的分手仪式！"

她低头不语，脸上有些泛红。

过了片刻，我又问："那为什么隔了这么久才来？"

她抬起头来，幽幽地说："因为我生病了，在家里待了半年。"

唉，真是个痴情的女子，痴情却被无情伤！唉，我甚至愤愤然地想，为什么我就碰不到？因为不如人家有钱吧！我们沉默地坐着，我喝了几口咖啡，她吃了一点水果。

过了会儿，她说："所以，想请你帮忙，打听到他的电话。"

"这个，明天我试试吧。"

"好，谢谢你！"她又低下头。

我一笑，没说话。沉默了片刻，她突然抬起头来，看着我问："哎，你应该结婚了吧？"

"没呢。"我瞥了她一眼，感到脸有些发烫。

"那女朋友总有的吧？"她拿起小调羹，轻轻搅拌着咖啡，脸上带着点笑容。

"没，也还没……真的，谈过，分了。"我前一个女朋友，两年前分手的，谈了也有两年多，更前面那个，印象模糊了。

"是你要求太高吧？"她继续微笑着。

"不，缘分没到吧。"我也笑了笑。

十来秒钟的冷场后，她又问："那你多大？"

略作踟蹰，我告诉了她。

"嗯，和看上去差不多。"

顿了顿，我问："那你呢，多大？"

"二十一。"她轻声说。

"真是年轻啊！"我油然叹道，虽然感觉和她的年龄比起来，外表显得有些成熟。

"可你也不老啊。"

"比你老多了！我大学毕业到现在，工作都快十年了。"

"我前年才高中毕业，没考上大学，就去混社会了。"她

　　　　　　　————————————到南方分手

俏皮地一笑。

我想，虽然她曾经沦落风尘，但终究也是涉世未深，所以才会心有执念。我有了一点恻隐之心，决定帮她这个忙了，虽然她那样做没有多少实质性的意义。

又聊几句，她说有点累了，想早点回去休息，于是我们就起了身。此时也才九点多些，我们在咖啡馆坐了一个来小时。

出来后，我说："你住哪个宾馆？我陪你走过去。"

她说："哦，忘了告诉你了，我已经租好房了，就今天搬的。"

"啊？哪个位置？"

"就是你姐姐家呀。"她侧头一笑。

我先是一愣，继而想起来了，当时她说"万一你家没房了，能不能给我介绍一家"，我就说行，并把我姐姐的电话告诉了她。"哈，有缘，差不多也算是住在我家了。"我说。我家地址校场弄 17 号，我姐姐家江堤路 8 号，其实挨得很近，也就百十来米。

咖啡馆门口停着一辆空载的人力三轮车。我说："上车吧，先把你送到。"我想怪不得她说有点累呢。

她爽快地说好。上了三轮车，她和我说起租房的琐事：今天早上，她忽然有了租房的念头，就找出我姐姐的电话打过去，恰好有一间，她就过去看了，还算满意，就定下来了。上午就搬了过去，下午去买了些生活用品。房间在三楼，朝南，面积不大，但设施挺齐全，有床、衣柜、电视机，以及空调、热水器等，带卫生间，还可以做饭，六百块一个月，反正挺合适的。我姐姐态度也挺好（她没和我姐姐说是我介绍的，就说看到了贴在路口的小广告），同意她先交一个月房租，当然押金还是要的，等值于一个月房租。其实，我们两家的房子格局也差不多，要说不同，就是我家多了一层，建得晚，所以更高点。我笑着说，以后也别告诉我姐，是我介绍你来的，免得多事。她也笑道，好的。

三轮车沿着西堤路而行，经过校场弄口，一会儿就上了江堤路。到了我姐姐家楼下，她下了车，回头看我，微笑着说："今天房间里很乱，就不请你上去了，下次吧。"我说好，其实心里想，下次也别，免得被我姐姐看到。

我让三轮车折回，往自己家而去，一路上想着：唉，看来这个东北小姑娘执念很深，大有不到黄河不死心的决心呢。又突然想到，原来"怀念鱼"就是"怀念喻"啊！实话说，这条"鱼"，让我隐隐地有了些嫉妒。可是这一切，又有什么意义呢？终究不过是一个老套庸俗的伤感爱情故事罢了。唉，那就随她去吧，我只要尽了自己的力。

# 3

第二天一上班，我就认真考虑昨晚的承诺了。直接打电话给喻国灿父亲，有些唐突吧，再说我们之间还有点过节。认识喻富泉是在今年的五六月份，通过一个熟人介绍，他找上了我，想贷款两百万元用于企业流动资金。我手头客户不多，倒也很重视，去实地考察了一趟，回来后向部门经理汇报。经理又让我和分管行长沟通，我也沟通了。但这事儿最终还是黄了，原因有两个方面：一是接近年中，省行刚好下发了控制信贷规模的通知，抵押类尚可考虑，担保及信用原则上一律暂停；二是造纸行业虽然是我市支柱行业，但目前景气度偏低，兼并、倒闭事件频发，故属于银行谨慎介入的行业。这第二条主要是针对白板纸企业，鸿丰纸业生产特种纸，经营风险相对较低，但企业规模偏小，无法特殊考虑。一个多星期后，我把结果委婉地告诉了喻富泉。他很不爽，当场就发了几句牢骚。所以，我现在有些怯于和他联系。想了一阵，没有头绪，就忙于工作了。

下午，沈曼萍发短信给我了，催问。我说，还没打听呢，今天很忙，等空下来再说。晚上我又加班，赶做一份贷款材料。八点半光景，活儿快完成那会儿，一直挂机的 QQ 嘀嘀嘀响了，一看是她在呼我。

她问：在吗？

我说：在。单位里加班呢。你在哪？

她说：你姐家旁边的网吧。

我说：你去网吧干什么？

离我姐姐家四五十米的体育场路路口，有一家网吧。

她说：无聊啊，和小姐妹聊聊天。

没等我回复，她又打出一行字：电话问到了吗？

想了想，我说：后天周六，要不后天我开车带你直接去他们公司找他。我知道，企业一般都是单休。

她说：我才不去呢，你还是帮我问到电话号码吧。

我说：电话可以问到，但是如果你打给他，他不出来，然后又把号码换了，那怎么办？

沉默片刻，屏幕上闪出一行字：公司里人多，他父母亲也在，我不敢进去。

不入虎穴，焉得虎子？我又加了个坏笑的表情。

她又沉默。我继续说：他应该是单独一间办公室吧。你悄悄地进去，直接找到他，有什么话当面说，这样更好。

几秒钟后，她说：好吧。

然后我下了线，继续做材料。这番话是我的真实想法，也是认真斟酌过的，绝不是敷衍。也许就因为她美吧，我愿意帮她，不忍心看她难过，另外，作为一名文学爱好者，天性里就特别具有好奇心，如果不费太多精力，我也愿意参与其中。

到南方分手

于是周六早晨，八点稍过，我带着沈曼萍出发了。事先约好，我在开源路口等她（两家中间位置），她却比我还早到一点。这种突袭式拜访，在时间上有讲究，去晚了人家可能就外出了。我的车子是一辆银灰色的凯越，之前买的二手车，因为我学车晚，去年才拿到驾照，就想先弄辆旧车练练手。今天，她又换上了我们初次见面时的那套衣服，淳朴自然，清爽干练。

　　我一边开车，一边笑道："还是这样打扮好！"

　　"什么意思？"她侧头问。

　　"这个形象，他们比较容易接受。"

　　"哦，你是说，我那天晚上穿得不好？"她反应过来。

　　"怎么说呢，也不是不好，但是让人一看，就感觉是夜场里的女孩子，有些人可能就有想法，比如喻国灿的父母亲。"我觉得我其实说出了问题的症结。

　　"夜场里的女孩子怎么啦？也有好的！"她瞪我一眼。

　　"是是是，比如你，对爱情忠贞不渝！"我笑道。

　　她却沉默了。

　　我又说："还有，你真的是太漂亮了，以至于他们不放心，因为漂亮女人容易出事嘛。"

　　她又瞪我一眼，"爹妈给的，我有什么办法？！"

　　大约半小时后，我们接近了目的地。离公司大门还有四五十米，我停下车，说："不往前开了，你一个人走过去。"

　　"啊？你不陪我进去？"她瞪目。

"我陪你进去，那我算什么？反而让人家有想法。"

"那好吧……可万一门卫不让进，怎么办？门卫可能认识我的。"她犹豫。

"既然来了，就勇敢地试试嘛……像你这么个漂亮姑娘，大大方方地走过去，就说找老总，我估计门卫问都不会问，只会热情地指路。"这个我有经验，私营小企业一般门卫制度不会太严。

"哦。"她自我鼓了鼓气，下车了。她走几步又回过头来，冲我吐了下舌头。我用鼓励的眼神看着她，点点头，于是她也点点头，回过头径直往前走去。我调转车头，靠边停好，熄火。防范心理必须有，不能被喻富泉看到。

我就在车上等着，听听音乐，时不时透过后视镜窥一眼大门方向。这是一家两百来人的小企业，年产值三四千万，净利润波动很大，好的时候有五六百万，去年两百万不到。老头子尚且年富力强，董事长总经理一肩挑，一个妹夫是管生产的副总，现在儿子回来了，不知道安排什么职位，但作为家族企业，家业总归是要传给他的。所以虽然企业不大，但喻国灿终究算是个货真价实的富二代吧。我想，主要也就是这个原因，让沈曼萍念念不忘吧，嘴上说要个说法，心里肯定还奢望着复合。唉，但是强扭的瓜不甜，但愿她有个好结果吧，虽然我基本不看好。我从后视镜中看到，她在大门口站了有十来秒钟，然后进去了。不知道过了几分钟，反正没听完两首歌，就看见她出来了，神情似乎有些异样，步态亦然。她走出来一二十米，有个妇女跟了出来，目送她离开。那个妇女五十上下，身材不错，穿着讲究。等沈曼萍走近了，我发现她脸色发青，眼里有泪。

我早已发动车子，等她上来了，就一脚油门离开了，然后问："怎么了？见到喻国灿了吗？和他吵架了？"

她青着脸说："我就说不要来！"

后半句应该是：都是你出的馊主意！唉，可我也是好心啊，怎么能怪我呢？我有点闷闷不乐了，问："怎么回事？他翻脸无情？"

沈曼萍说："没见到他。"她抽了一张纸巾拭泪。

"那怎么回事？谁惹你了？他父母？"

"是的。"她郁郁道。

我一边开车，一边说："你详细说说。"

于是她就说开了："刚才我进去，问门卫老头儿，小老板在不在？我上次来，听员工都是这样叫的。老头儿说没注意，小老板好像在，也好像还没来，你找他有什么事？我说谈生意。他说那你进去吧，后面那栋楼，二楼，左边最里面那间。小老板不在，也可以找大老板，在右边。我说了声谢谢，就进去了。上了二楼，往左边走，最里面那间，挂着总经理的牌子，可是门关着。我敲了几下，没反应，就往回走了。可偏偏就在这个时候，他父亲从右边一间办公室里走出来，就这么碰巧看到我了。他父亲很吃惊，问我，你怎么来了？来干什么？我说来找你儿子啊。他就一下子发火了，说我儿子跟你没关系了，你给我走吧！我说，你告诉我电话，或者让我见上一面，我就走，再也不来找他了！他说，我不会告诉你的！也不会让你们见面！你就死了心吧！你走不走？不走我就报警了！然后我就出来了。"

我说："刚才跟在你后面的那个，是喻国灿的妈？"

"是的，"沈曼萍说，"她也骂我了，不过，还是老头子骂得凶！"

"唉，"我叹了一口气，说，"我觉得，你还是死了心吧！"

"我也没想怎么着啊，就是想见他一面。"她看我一眼说。

见一面真的那么重要？有些事还是不了了之吧。我知道，其实她还是不甘心，只是不明说而已。

我说："这下你就暴露了，更难见到他了……唉，都是我不好，考虑不周。对不起，向你道歉！"

"我也没怪你。"她幽幽道。

"好，我一定帮你问到电话，了结你的心愿，然后你就死心塌地地回去吧。"我郑重地承诺。

## 4

午休起来后，我就践行承诺了。其实我只打了两个电话，就问到了喻国灿的手机号码。他们办企业的，有自己的圈子，找对方向，这事儿不难。

我想赶紧把号码发给沈曼萍，兑现承诺，然后这事就与己无关了。拿起手机，正欲编写短信，脑子里忽然闪出新的念头，就住了手。默默考虑了几分钟，我翻出喻富泉的手机号码，打过去。通了，我说："喻总，你好！我是建行的小何，还想得起来吗？"

他略愣，说："哦，当然还记得。小何，有什么事找我？"

"上次那笔贷款，还需要吗？"

"你什么意思？"

"如果还需要的话，我再给你报报看。"

"我没有抵押物的呀，上次你不是说不行吗？"他的土地和房产评估值不高，而且已经在合作银行抵押贷款五百万，没有别的抵押物。

"政策会变的嘛，现在宽松一点了，有好的担保，也可以试试。"

"贷款当然还需要，可是你不要说大话，弄不好的事情我也不想弄。"

"不敢说一定能弄好，但有七八成的把握吧。"

喻富泉又愣了愣，说："那好，后天，星期一，我来找你。"

这是我临时起意，却并非完全心血来潮。在打听喻国灿电话的过程中，我从侧面了解到一些他家企业的情况：规模虽然较小，经营倒也一直稳健，而且在同行当中，喻总口碑也还不错，属于脚踏实地的那一类。再者，信贷政策有所放宽也是事实，这个本来就是在动态调整的。我客户不多，能够把这单业务做成，就多了一个长期客户，而业绩跟收入挂钩。当然我也不否认，想发展这个客户，还出于一种想见见喻国灿的念头。有了信贷关系，我当然就有机会认识他了，我确实是非常想见识一下，这个让沈曼萍念念不忘的男人到底是什么样子。

像我这种年纪不小又没女朋友的人，双休日是非常无聊的，幸好有个看书写作也算是比较无聊的爱好，聊以打发掉一些时光。当然若有场子可赶，多会欣喜前往。周日下午四点左右，我接到一位高中同学的电话，问我晚饭有没有安排。我说，没呢，正等着你安排。他说，那就一起吃晚饭吧，女朋友有了没？有的话带出来。我说，没有，你给我安排一个。同学嘿嘿笑，说，那就带个小姐妹吧，我也带一个，光几个男的吃饭有啥意思？这个同学办企业，一家漆包线公司，在我这里有一点贷款。

我含糊着挂了电话。然后想，到哪里去找小姐妹？我这个人其实还是比较拘谨的，在女孩子面前不太放得开，没什么小姐妹。不带也没关系，当然……于是我想到了沈曼萍，说过要请她吃饭，借花献佛，一举两得。

马上拨通她的电话。电话接通后，我先不直接说这事儿。我说，你再耐心等等，这两天一定帮你打听到电话。她

到南方分手

问，怎么打听？我就说了贷款的事儿。我之所以不直接告诉她，是怕万一错了，比如还是老号码（我又不能冒昧地验证），又会被她埋怨，所以最好能够确认一下。她说，你还挺有能耐的嘛。我哈哈一笑，说没啥。被美女表扬，心里很舒坦，虽然有那么一点假公济私的味道，但再一想，我这也是主动营销，何尝不可以说是假私济公呢。

然后就说到了正题："有个高中同学请我吃晚饭，叫我带小姐妹过去，可我没小姐妹啊，怎么办？要不你跟我一块儿去吧。"

"可我又不是你小姐妹！"她迅速回话。

"这话说的，你不是说我们是朋友吗？异性朋友就是小姐妹喽。去吧，给我个面子。"反正是电话里，我不怕丢面子。

她犹豫，我又邀请了一回，总算同意了，虽然语气有些勉强。

大约四十分钟后，我来到开源路口，等了两三分钟，她出现了。今天她穿了一件淡蓝色的格子衬衫，配牛仔裤、运动鞋，长发披肩，一甩一甩的，手拿一只褐色小包。她走到我身边，先是温婉地一笑，又蹙着眉头说："那你待会儿怎么介绍我？"

"不需要介绍，就是吃饭。"我说。这种场合，小姐妹就是花瓶，就是为了增加雅兴，谁会有兴趣刨根问底？我心里乐滋滋的，因为这个花瓶大而美。

我们打的赶往龙山饭店。坐电梯上到六楼，走进包厢，发现同学已经在了，两男两女，另一位男士四十左右，脸形瘦长，头发油亮，两位女士皆二十五六上下，长相一般，神态矜持。然后，就是我预料中的画面了——我同学瞪大眼睛，直愣愣地盯着沈曼萍。

我们坐下来，一番介绍。陌生男士姓张，也是企业老板。两位女士分别姓吕和孙，本地口音，其中一位和我同学有生意来往，另一位是她小姐妹。我这同学姓骆，没考上大学，早创业，早成家，儿子也有了，但依然风流潇洒，竟然不顾吕、孙两位女士在场，盯着沈曼萍一个劲儿地问：你是哪里人？做什么工作的？跟他（我）是什么关系？弄得沈曼萍面露不快，含愠拒答。我就只好出来制止了："骆总，注意素质，你又不是警察！"

菜已点好，酒是张总自带的红酒，说担心饭店里的不正宗。一会儿开吃，边吃边聊。几句话后，我就弄懂了这饭局的目的：张总想要贷款，托我同学引荐。张总经营化工企业，在别家银行有抵押贷款，但抵押率偏低，想要增加额度。了解情况后，我告诉他：等那边贷款快要到期，把权证资料拿过来，到我们这边评估一下，到底行不行我也不知道，但可以和评估师沟通，让他尽量往高评。张总笑容满面，说："可以可以，到时候就来找你！"然后站起来敬酒。

　　　　　　　　　　　　————————————到南方分手

我也起身回敬。同学和我酒量都还不错。那两位女士，也还可以，反正都斟满了，大方地和男士碰杯。沈曼萍说自己酒量不行，勉强倒了半杯，小口啜着。一会儿，我同学风流病又犯了，端起杯子走到她旁边敬她。沈曼萍推却不过，只好喝了一大口，马上皱起眉头，又睒我一眼，表情里有些无奈和不满。喝完一圈，稍歇片刻，我同学故伎重演。我按捺不住了，刚想说点什么，沈曼萍霍地站了起来，对我说声"去下洗手间"，就拿着包出去了。于是我同学端着酒杯，走向孙女士。

过了几分钟，我放在桌子上的手机嘀嘀响了一声，是短信提示音。拿起来一看，竟是沈曼萍发来的：不好意思，我回去了。我心里咯噔一声，和同学说出去一下，马上抓着手机来到外面走廊。电话一接通，我说："沈曼萍，你怎么可以招呼不打就走了呢？"

她说："不好意思，你同学那个样子，我怕了！"

"我知道，我同学是不好，不该这么敬你，可你也不能就这么一走了之啊！"

"可是我真的不会喝酒啊，坐在那里难受。"

"噢，我带你来的，然后你不辞而别了，那我的面子不是丢光了吗？"我想，这个东北姑娘真是太有个性了，做事情完全只顾自己的感受，怪不得喻国灿要和她分手！我差点说出来，但只说："你还要不要我打听他的电话了？"

她略作怔忪。我又口气缓和了些说："放心，接下来我会控制场面的，不会让我同学太过分！"

于是她就说："好吧，那我上来了。"

我又呆立了一会儿，进包厢去。很快她也回来了。这之后，饭局就比较安静了，可能同学也感觉到什么了吧，又或许人家也提醒了他。吃好饭，女人们都回去了，三个男人去了足浴店。

## 5

翌日上午，喻富泉果然登门，令我欣喜的是，居然还带来了喻国灿！这就说明，他是在有意培养儿子作为接班人了，让他多见世面，多交朋友，反正我认识的好几个老板都这样。喻国灿中等个子，偏瘦，文弱，皮肤比较白净，长相也不错，表情有些腼腆，穿一身米黄色休闲西装，衣服看上去质地挺不错。果然，喻国灿名片上印的头衔是总经理。我特别留意了一下手机号码，就是我打听到的那个。喻富泉是个大块头，五官也粗陋，穿夹克衫，腰间的皮带扣亮闪闪的。他们在我这边坐了几分钟，我把他们带到部门经理那儿。趁他们和经理聊天的空儿，我给沈曼萍发了条短信：喻国灿就在我这儿！可是她没回。为什么？没看到，还是心情太激动？父子俩坐了半个来小时。期间发生了这样一个小插曲，王经理问起产品特点、销售情况，父亲让儿子回答，可儿子说了没几句，父亲就打断他自己来回答了，也许是嫌儿子没说到重点吧，然后我就注意到儿子有点不高兴了，起身去外面打电话。十点半光景，父子俩起身告辞，又说，中午是否有空一起吃饭？王经理中午有事，故推辞。喻富泉就说，那就晚上吧。王经理客套了几句，答应了。

中午我回家吃饭。饭后正欲小憩，收到了沈曼萍的短信：上午在睡觉，关机了。那你把电话给我吧。

我马上回复：名片在办公室里，我现在外面，晚上告诉你。晚上他们父子请我吃饭。

上午我就想好了，索性等我多了解一点喻国灿，再告诉她电话。反正这电话号码在我手里，有一点奇货可居的味道了，想想她昨天的表现，我觉得也不算过分。

五点四十分左右，我和王经理到了国贸五星级的大酒店，就在我们银行旁边。走进包厢，发现喻家父子俩已经在了，还有几位：喻富泉的妹夫，四十多岁，高个子；一位女性财务经理，姓蒋，三十左右，有点胖乎乎的；以及一名驾驶员，二十来岁的小伙子。点菜，选酒，冷盘先上，一会儿开吃。菜品还算丰盛，酒分两种，53度半斤装泸州老窖，以及两百多一瓶的张裕珍藏版红酒。喻总喝白酒，其他人都斟上红酒，除了司机和喻国灿（也要开车），他们喝饮料。酒一喝起来，气氛就融洽起来。王经理和喻总相谈甚欢，蒋经理和我沟通密切。而喻总的妹夫，负责倒酒和打诨插科，也是非常尽职。只有喻国灿不太说话，以饮料代酒，敬了我们一回。

一会儿，我回敬喻国灿。待双方落座，我问："小喻，你今年多大？"

"二十八。"他说。

"对象有了吧？"我又笑着问。

喻国灿有些脸红，还没开口，他老爸就插话了："还没呢。怎么，小何，你们银行有没有合适的小姑娘？"

我还没开口，王经理也插话了："有，多得是！喻总，你儿子一表人才，又是富二代，真想找个银行的，我来介绍！"

喻总哈哈大笑，说："再说再说。"

这时候，蒋经理突然问我："何经理，那你成家了没有？"

我说没有。

"女朋友总有了吧？"她又笑眯眯地追问。

"没，也还没呢。"我支吾着说。

可蒋经理偏又笑着问："何经理你样子也蛮好的，工作又不错，怎么会没有女朋友呢？"

"缘分还没到吧！"我说，几乎有点讨厌这个多嘴的女人了。不知道她还会问什么。

幸好这时候王经理来替我解围了："我们何经理是文人，

经常发表作品的，比较浪漫，找对象要讲究感觉的。"

于是蒋经理看着我说："是吗？何经理，那你写过什么？"

我脸臊得很。其实至今为止，我也就发表了几个中短篇小说，而且都是省内的刊物，在本地报纸上倒是发表过不少随笔散文。王经理所说的作品，就是报纸上的文章，小说他没看过。我看着蒋经理，说："也没什么，就是报纸上的'豆腐干'。"

她又笑着说："我知道，你们文人就是要讲究感觉的！"

我臊得更厉害了，恨不得钻到桌子底下去，心一横，不再理她。幸好，其实他们也不感兴趣，这个话题就此打住。

于是接下来，我对沉默寡言的喻国灿产生了兴趣，加上本来就有好奇心，就和他聊了一阵，了解到一些情况，比如他毕业于省内一所普通高校，读的是财经专业，以及毕业后的大致经历。他告诉我他在青岛待过两年，就是他舅舅那里。我问为何回来，他说被他爸叫回来了。说实话，我有故意套话的意思。

后来的场面，主要成了喻总一个人的演讲，兴之所至，侃侃而谈。他先讲家庭。他今年五十有六（怪不得身体状况还这么好），老婆小他三岁。老婆年轻时是个美女，他可是费了大力气才追到的，别看他现在五大三粗，年轻时样子也不错。他还有个女儿，比儿子小五岁，在上海读大学，大三了，外贸专业，很能干，已经在替自家公司接单了。女儿有个对象在谈，是她高中的同学，在西安上大学，男孩父亲是本市一所中学的校长。接着喻总又讲起创业的过程，发展中的一些关键经历，以及对于未来的展望，虽然酒喝得不少，思路倒还清晰。王经理插问一句："喻总，照理说这么多年下来，自身积累也该有一点了，又没有大的投入，怎么会资金这么紧张？"喻总就说，他一个表舅在青岛开发房地产，他也投了两千万，这些年的家底大部分在那儿了。本来也还没事的，但今年原材料价格一路走高，于是流动资金就不足了。于是大家感叹时世之艰，老板之难！

这顿饭，喻总一人干了两瓶白酒，我们四人干了三瓶红酒，酒喝得晕晕乎乎，话聊到天南海北。吃好饭，将近八点，喻总意犹未尽，问要不要去唱歌或者洗脚，我们没有积极回应，便就此散场。喻总又安排儿子送我们回家，我们也婉拒了。我家就在国贸背后，步行几分钟。王经理要先回银行，骑电瓶车走。于是喻总坐进黑色的奥迪A6L，带着他妹夫和蒋经理走了。喻国灿开一辆白色的丰田凯美瑞，和我们招招手也走了。从座驾来看，这父子俩比较低调，因为开奔驰宝马的老板太多了，有些实力还不及他们。

我慢慢走回去。快到家门口时，突然想起个事来，掏出手机，发现已有一条未读短信：在干吗？七点二十三分发

　　　　　　　　　　　　　　　　到南方分手

的，那会儿我正在喝酒的兴头上呢。我马上拨打她的电话。

我说："刚吃好饭，正往家里走呢，刚才没注意到你的短信。"

"哦，"沈曼萍说，"电话呢？你把电话给我呀。"

"别急……我对他印象不错！样子不错，性格温柔，又有钱，怪不得你对他念念不忘！"我嬉笑着说。

愣了愣，她说："他人是很好的，对我也很好。"

"那怎么分手了？"

"是他父母亲的原因。"

"我有体会了，他父亲确实很强势。"

"你们聊什么了？"

"随便聊聊。我问了他经历，他说到了在南京工作过。"

"那说到我了吗？"她幽幽地问。

"这怎么可能？那是个人隐私，怎么会在饭桌上说！我也了解过了，他目前还没有女朋友，但父母亲正在替他张罗……另外，根据我的直觉判断，他可能还不知道你来了。那你接下来打算怎么办？"

她又愣了愣，说："你就把电话给我好了，剩下的是我的事。"

"好，我现在就报给你。可是，你为什么非得要有个结果呢？"

"你短信发给我。我跟你说过了，就是想问个明白！"

挂了电话，发现自己已经走到家门口了。我停下来，把喻国灿的号码发给了她。我有些头昏脑胀，上楼开门，父母亲坐在客厅里看电视。他们问了我几句，我胡乱应答。我最怕被他们盘问，没问两句，就会问到那个事儿上去，好像催促就能很快解决似的。我理解父母亲的心情，还在他们的安排下相过亲，可是没成又不全是我的错！匆匆洗漱后，我上床睡觉。

## 6

次日上午，蒋经理就送来了资料，贷款企业基本材料（营业执照、机构代码证、税务登记证、贷款卡、法人代表身份证等），近三年及当月财务报表，以及担保企业材料。一家 AA 级企业，符合担保类贷款的最低要求。我很快开始做申报，加了个夜班，两天后送了上去。

偶尔会想到沈曼萍。加班那晚，干完活儿，我给她发了条短信，可她没回。我有点记挂她，和喻国灿联系过了吗？结果又如何？不得而知，但又大体可以预见。唉，我对她既有点同情，又抱着几分冷嘲，但主要还是一种旁观者的好奇心态。

过了几天，又是周日下午，三四点钟的样子，我在家里上网，突然QQ响了，一看是她呼我。接下来我们就在对话框里聊天：

在吗？

在。你这几天在干吗？还在这边吗？怎么没有音信？

当然在，房租都交了一个月嘛。晚上有空吗？

有。怎么说？

想请你喝咖啡。

我请你吧。

你上次请过了。

好。你和他联系过了吗？

见面聊。你们银行旁边的咖啡馆，七点半见。

好。

对话结束，她发了一个笑脸，敲了88。

我们银行旁边是有一家咖啡馆，叫"两岸咖啡"。我去过几回，倒是离我们俩的住处都挺近的。

吃好晚饭，上了一会儿网，我出门了。走到半路，收到她短信，告诉我她在哪个包厢。我猜她肯定是又遭受了刺激，所以来找我倾诉。想到她在这里举目无亲，同情心又泛起，可是有些事我也无能为力，但愿别再让我帮什么忙吧。

拉开包厢的门，我一下子愣住了，因为里面端坐着喻国灿，当然，旁边还有沈曼萍。她今天穿了一件风衣，浅咖啡色，里面是一件白色薄毛衣，看上去气质很高雅。我脑子有点转不过来，这到底是怎么回事？难道是要谈判？找我过来做中间人？喻国灿微微一笑，站起来说："何经理，请坐请坐！我们也刚到一会儿。"他笑容有些腼腆。沈曼萍微笑着，眼神明亮地看着我。

我说："嗯，我家很近的，走过来几分钟。"

"何经理，那我们点单吧。你先来，喝点什么？"喻国灿说。

他按铃。一会儿服务员走进来。我点了咖啡，喻国灿也点了咖啡，和我不同口味。沈曼萍精挑细选，要了一壶蜂蜜柚子茶。最后喻国灿又点了一个果盘。等服务员出去，我看着喻国灿，说："贷款资料我已经报上去了，可能下个星期就能批下来。"

他说："好，谢谢你，何经理。"

我还是有些摸不着头脑，所以就想，不要贸然说话，等他们先把谜底揭开。巧的是，就在这时喻国灿的手机响了。他瞄了一眼，又看看沈曼萍和我，说出去接个电话。他走出去，轻轻带上门。

我马上盯着沈曼萍，问："怎么回事儿？叫我过来什么意思？"

她轻声说："我们和好了。"笑容掩不住，她的表情好甜美。

"真的？"我大感意外。

"我就知道，是他父母亲不让我们在一起，而他是喜欢我的！"她继续说。

"那他为什么换号码？为什么QQ拉黑你？为什么半年

不和你联系？"我疑窦丛生。

沈曼萍的脸有些绯红了，支吾了一下，老实坦白了。原来，他走之前，两个人狠狠地吵了一架。他走后的第三天，她给他打电话，他不接，一气之下她就把手机号码换了，又在QQ上把他拉黑了。而过了半个月左右，她后悔了，再打给他，却发现他的电话已经停机，在QQ上找他，发现自己也已经被他拉黑了。

默默听完，我有点明白了，这不就是恋人间的赌气吗！而且很符合她的性格。她年轻，骄傲，而他也很固执，所以造成了半年的失联。我虚构着和好背后的故事，她一番执着，有了这样的结果，倒也值得！我说："我真的没有想到！说说，怎么和他联系上的？"

沈曼萍顽皮一笑："这个就不说了吧。"

看着她幸福的样子，我由衷地说："祝福你！我真的为你感到高兴！"

"谢谢你。"她含羞似的低下头去。

一会儿，喻国灿回来了。再一会儿，饮品和果盘端上来了。我想，喻国灿肯定猜到我已经知道他们的复合，故而略过这一段，讲了一些以前在青岛工作时的经历，以及和沈曼萍之间的事儿，也是那时候的，充满了难忘的细节的事。那天酒桌上，他表现腼腆，可这会儿完全不同，这应该就是爱情的力量吧。我听得出来，他是幸福的，那种一见钟情，历尽坎坷，最后又破镜重圆的幸福。沈曼萍回应了几句，有的是帮他补充，有的是斗气似的反驳。我也感受得到他俩这份爱情，虽然聊天起初她完全被动，毕竟刚和好接受他有个过程，但终于也陷进去了，而且看得出来她爱上他并非全然因为金钱。是啊，喻国灿长相不错，性格温和，又真心对她好，她爱他也很正常。而现在，经历过一段因误会造成的分离，他们就在我的眼前晒出了更加珍贵的幸福。尤其是沈曼萍，小鸟依人般挨着喻国灿，以为我低头没注意，拿起一片哈密瓜塞进他的嘴里，而他也是含情脉脉地看了她一眼，还伸出手来，抚摸了一下她的手臂。我用眼角的余光窥视到这一些，委实有些不舒服，感觉自己就是一个傻瓜牌大灯泡。

一会儿，沈曼萍起身去洗手间。等她把门带上，稍稍走远，我看着喻国灿，问："你和她是在娱乐场所认识的，你真的一点都不介意？"

喻国灿马上脸有点红了，看了我一眼，又很快闪开，说："我是她第一个男人。"

我说哦，语气中表达了那种意思。

喻国灿继续说："虽然那时候她在娱乐场所上班，但也就几个月时间，其实还是很单纯的。但我父母亲就是老古板，对她有偏见。我现在最痛苦的就是这个！"

"好好沟通。毕竟是两代人，站在他们的角度，和我们想法不同也很正常。"我慢吞吞地说。

到南方分手

"上次我带她回来，还被他们骂了一顿。"

"有没有骂沈曼萍？"我笑道。

"那倒没有，也没当着她的面骂我。"喻国灿也笑了笑说，"我妈说，小姑娘这么大老远跟来，起码的礼节还是要的。"

"哈，你妈素质还行。"想起那天带沈曼萍去他们公司，后来跟出来的那位妇女，看上去眉眼清秀，心地应该也还不错。不知道沈曼萍有没有和他说起过此事？

喻国灿还想说什么，门外面脚步声渐近，就不说了。待沈曼萍落座，我又看着喻国灿问："那你们家现在住哪里？"他说："锦绣兰庭。"那是在新桥旁边的一个楼盘，主要是别墅和排屋。他既坦然告知，我就更少疑虑。

我又问："那你们又在一起了，你父母亲还不知道吧？"

"当然，这事儿得先瞒着他们。"他笑道。

"可总不能一直瞒着啊。"

"我会想办法的，先做通我妈的工作，再叫她去做我爸的。"

"嗯，"我说，"曼萍人这么好，时间长了他们会改变想法的。"

沈曼萍冲我一笑，脸颊微红，光彩熠熠。

我又看着喻国灿，问："那你目前怎么打算？总不能让曼萍天天待在房间里吧。"

他说:"嗯,没事做也挺难受的。我会安排好的,给她找个事做。"他看向她,眼神笃定。

我说那就好。心想,这个在老爸面前没什么话语权的富二代,此刻倒像个男人。接下来主要是喻国灿说话,讲他父亲怎么安排他接班,又因为观念的不同,两个人有什么样的冲突。看他有些苦恼的表情,我只能暗自叹气,徒然羡慕。

坐到九点左右,我站起来,说要回家了。

沈曼萍看着我,说:"谢谢你!"喻国灿也起身,郑重地道谢。我再次祝福他们,微笑着离开。

因为他们还想再坐会儿,喻国灿把我送到门口,又折回。

我在人行道上走了几步,却又不想马上回家了,就往江边走去。气温有点低了,尤其是江边,夜风拂拂,有些微凉之感。月亮倒是亮得很,清辉洒向江面,万顷微波犹如鱼鳞般。夜虽未深,但行人已稀。我往东面走去,一直到了郁达夫公园,然后又沿着市心路慢慢逛,从桂花路绕回来,又拐上西堤路,经过校场弄口但没下去,一会儿来到了江堤路。我在我姐姐家楼下绕了一圈,看到了喻国灿的车子就停在后面。又走到前面,抬起头来,望向那个三楼左边的房间,透过窗帘有乳白色的光射出来。啊,这灯光,温暖又温馨,可是幸福属于别人,心中陡生无限伤感。

到南方分手

# 7

接下来，我和沈曼萍不太联系了。她已在幸福之中，我也不便去打扰，而事实上，说不定她已经把我忘一边了。偶尔，我还是会想想，这事儿接下来会怎么样？喻国灿怎么去说服父母亲？难度不小，但只要他态度坚决，父母亲最终还是会同意的吧。

但周四下午，她主动在 QQ 上联系了我。她告诉我她上班了。我问哪里。她说，国贸写字楼。再问，她告诉我，喻国灿有个女同学在那儿开了家旅游公司，让她来做事儿了，就昨天开始的。我问做什么。她说，前台，接接电话，客人来了泡泡茶。我问，工资呢？她答，没说，反正随便给多少。我想也是，对喻国灿来说，这点工资根本无所谓，无非就是给她找个事儿做做，充实一点而已。我又问，住呢？她说，又没到期，再说住那儿挺好的，上班也方便。我连说好好，为她高兴。结束聊天，我默默坐了会儿，内心又有些感慨。

没想到，鸿丰纸业的贷款，等了一个星期（中途我还去催问了一次），居然出现了问题。周一上午，业管部经理一个电话，叫我过去把资料拿回来。我问为什么，她说来了跟你说。业管部在四楼，我在二楼。见到业管部经理，我还没问，她就说："你这担保不行啊，AA 资质不够，要 AAA。"我说以前不是可以的吗，钱又不多。她以上面有新的要求为由打发了我。

没办法，回到办公室，我马上联系蒋经理。我解释了一番，让她去更换担保，当然也不是她搞得定的，得老板出面。我不知道喻总会怎么想，反正要贷款就只好如此。过了几天，蒋经理来了，担保单位换成了 AAA 的。蒋经理说，能不能快点，因为有用钱的计划了，除了进原材料，还想改造一下老厂房，顶棚不够结实，老板担心下大雪会压塌。严格地说，这是流动资金挪作他用，但也没必要那么严格。我说，这次肯定没问题了吧。我重做了一遍申报材料（比第一次轻松），很快又送了上去。

可没想到，两天后，又被退下来了。业管部说，这回担保资质是够了，但自身贷款很多，对外担保也不少，风险敞口接近为零，不予同意。我真是烦死了，又向蒋经理通报。她也明显不悦。我说，你就跟老板直说吧，实在不行，不贷也算了。说实话，我也想甩手不干了。

她很为难地应承。十来分钟后，预料中的喻总的电话打过来了。我硬着头皮接听。他说："怎么回事？两次都不行！"

我又解释了一番。

"何经理，这次是你自己找上门来的，我也不是一定要贷款！可怎么感觉你们是在要我？"他声音严厉。

我说："不是，绝对不是，我以人格保证！"

"那怎么办？"他冷冷地问。

我说："要不再去找找，换一家担保。"

"你以为那么好找？就像你们，嘴巴说说的！"

"是是，这个我也知道，可是……"我嗫嚅道，心里很没底气。企业都是有担保圈的，一般还对外封闭，互相对等担保，所以临时找一家确实不易。

沉默片刻，他说："好，我再努力一回，还不行，就把资料还给我！"

我说好好，挂了电话。我知道，他也是上马容易下马难，贷款还是需要的，所以一定会努力。但愿这次能成吧，我也好有个交代！

总之，贷款的事儿弄得我心情很糟。那天在家吃晚饭，偏偏我妈又数落起我来，心里就更烦，吃罢，一言不发出去了。一会儿，我发现自己又是在往姐姐家走去，走到半路，却止了步。我想给沈曼萍发个短信，愣了愣又打消了念头。我往江边走去，散了一会儿步，接到一个客户的电话，邀请我去酒吧，于是欣然前往。那天晚上，玩得很嗨，几乎喝醉。

## 8

过了好几天，总算蒋经理又送来了资料。这回我比较老到，拿到资料，马上上楼，让审批人员预审。她说，这次可以了。于是放下心来，答复蒋经理，这次一定能行！

这次，很快就批下来了。那天上午，我一得知，立刻拿起电话，直接打给喻总。我说："喻总，贷款批下来了，下午可以放款。"

我以为他会高兴，至少表达一下谢意吧，可没想到，他口气很冷淡，"哦，知道了，那我叫小蒋过来。"

一声谢谢都没有。我有些不悦，这事儿有些波折，他是费了点力气，可我也不轻松啊。

下午两点多，蒋经理来了。因为当天有多笔贷款要发放，系统忙碌，等到四点半才轮到她，放好款五点多了。我因为要签字，下了班还陪着她。办完事儿，蒋经理就说："何经理，耽误你下班了，那就一起吃点饭吧。"

我们去了旁边的小饭店，点了三四个菜，一瓶啤酒，一罐饮料。

几句闲话后，我说："蒋经理，你们老板好像不太开心啊。"

她瞄我一眼，说："你不知道，他心情不好。"

"为什么？"

蒋经理先是支支吾吾，后来还是讲了："前几天，老板跟他儿子吵架了。他儿子原先的那个女朋友来了，不知怎么又搞在一起了。老板两口子不喜欢那个女的。他儿子这几天班也没上，手机又关机，把他们气疯了。"

我的第一反应：沈曼萍现在怎么样？愣了愣，问："原先的女朋友？哪里的？"

"好像是东北人，在青岛认识的。"

"他们为什么不喜欢？"

"以前在娱乐场所上班的，觉得不正经呗。"

"那你见过她吗？"我喝了口茶，又问。

蒋经理一笑道："见过，去年元旦来过。嘻，怎么说呢，长得是挺好看的，脸蛋、身条都好！"

"那分了怎么又搞在一起了？"

"听老板娘说，是那女的自己找上门来的，前几天还去过公司呢，可没见到国灿。国灿半年没见她了，电话都换了，可后来不知怎么就被她找到了，又好上了。肯定是因为她漂亮吧，国灿还是舍不得。男人嘛，哪个不喜欢漂亮的？"她瞄我一眼。

"怎么被她找到的？"

"我哪里知道？"

"那他们两个又搞在一起，你们老板是怎么发现的？是国灿自己说的？"

"这个我也不是很清楚。听老板娘说，好像被谁看到了，她也没细说。"

沉默片刻，我又问："蒋经理，那你觉得，这事儿结果会怎么样？"

"不好说，"蒋经理喝口茶说，"我们老板主观性很强的，要他改变主意很难，可他儿子主观性也很强，所以这事儿够呛！"

"其实我觉得，只要儿子喜欢，也没什么啊。"我慢悠悠地说。

蒋经理说："是啊，我们老板娘也这么说了。"

"那她同意了？"

"做妈的嘛，总是心软一点，感觉她有时候也站儿子一边，在说她老公。"

唉，我暗暗为他们的爱情遭遇叹了口气。不过，既然做妈的已经有点心软了，这事儿也不能说彻底没戏。过会儿我说："唉，大老远跑过来，事情又这么不容易，这女的真是勇气可嘉！"

"还不是因为他们家有钱呗！"蒋经理又睃我一眼。

这时候上菜了，于是我们就不光说话，开始吃喝。话题也转到别的方面。蒋经理说，这笔贷款这么麻烦，找个担保真不容易，老板说他面子都用光了，贷出了也不怎么开心。我说好事多磨，贷出就不错了，担保类小微企业，本来就很难贷款的，小银行大多不做，还是我们这里能开点口子。

然后就聊到了某些不正之风。我说，客户经理直接拿回扣的都有呢，尤其是商业银行。我这样说，真不是想要什么，就是想让喻总别责怪我。

吃好饭，我们就分开了。我又往江堤路走去。可是快走到8号楼时，我突然就改变了想法，往自己家而去。我想：第一，这个女人，幸福的时候也没怎么想着我，碰到麻烦了，我又何必挂念她？第二，这个时间还早，万一碰到我姐姐或者姐夫，怎么解释？我觉得，喻国灿还是不够老成，应该先主动和父母亲沟通，而不是采取鸵鸟政策，最终造成了被动局面。

## 9

两天后的晚上，我又在加班，六点多还在办公室，不光我，还有两位同事。七点光景，我突然接到喻总的电话。我暗忖，贷款已经放下去了，他还有什么事情要找我？会不会是那天态度冷淡，事后觉得不妥，要和我说声谢谢？反正总不会是责怪了吧。踟蹰片刻，接起电话。

果然喻总说："小何，谢谢你，贷款的事情。"

我说："喻总，不用谢，好客户我自然也要争取，虽然有点小波折，但成了就好。"

"你现在哪里？"他问。

我说在办公室。

"那你十分钟后出来一下，我马上过来，车就停在你们银行前面。"

"什么事？"

"跟你说几句话。"

"电话里说好了。"

"电话里不方便。"

什么话不方便说？我犹豫着还没开口，他已挂了。

我继续干活儿，可心思受到扰乱了。会不会是要送张超市卡或者送条香烟给我？听那意思，很有可能。贷款客户给我送卡或者烟酒的情况，也是有的，这种事明面上不允许，暗地里却很普遍。刚才他说十分钟，可实际不止，大约过了二十分钟，手机又响了。响了两三下，我抓起来往外走。到了走廊上，按下接听键，说："喻总，那我下来了。"

我走侧门到外面，再绕到前面马路上，果然看到了喻总的黑色奥迪。他自己开的车，摇下车窗，示意我进去。我坐进副驾驶室，关上门，问："喻总，什么事？"

他嗯嗯了两声，从屁股底下抽出一个白色的信封，说："小何，事先说好的，这一万块现金，你拿着。"

嗡的一下，我的头晕了。事先说好的？我什么时候说过？

我还在发愣，他又说："快收起来，给人家看到不好！"他把信封往我手上塞。我如同被烫着了般，赶紧推回去。他又塞给我，嘴上说："以后还要你多多关照呢。"在一种脑子断片般的状态里，我迷迷瞪瞪地把信封收下了，两手攥着，放在膝盖上。其实是很小的一团，也很结实。我眼睛空洞地望着前方，继续发愣。马路上车来车往，灯光闪烁，但喻总的车停在一个比较幽暗的位置。

他又说："小何，要不要去洗个脚？"

我说不了，还要加班呢。

"那好，你去忙吧，我也还有点事情。"他说。

我把信封藏进西装胸兜，下了车，人还是有点晕晕乎乎的。目送奥迪远去，我走向银行侧门，脑子里还是想不明白，这到底是怎么回事？难道是放款那天，我的无心之言让蒋经理产生了错误的领会，以为我是在索要回扣，就去汇报了喻总？又或者蒋经理无心传话，是喻总曲解了？而喻总肯出此手，是不是考虑到以后的转贷？上楼后，我进了厕所，找了个蹲坑蹲下来，把门关上，然后掏出信封，是农村合作银行的信封，抽出来，是一整刀，还扎着纸带盖着印章，一百张红彤彤的大票子。看了一会儿，我又把钱装进信封，塞进西装口袋。蹲在那里，也没便意，先是发愣，然后思考。一会儿想，这事儿性质有点严重。过会儿又想，这种事也挺多的吧。反正我就听说过，有些商业银行的客户经理，给人贷款直接拿回扣，据说拿两个点的都有。我们行的情况我不知道，说不定也有呢，于是略微心安。几分钟后出来了，回办公室继续干活儿，可是脑子里混混沌沌，哪里还能静心，一会儿就回家了。到了家，我马上进了房间，把信封藏在衣柜里，又出来和父母亲一起看电视。大约十点，我先于他们去睡了。

第二天上午，我还没从前一晚的情绪中走出来。我想，更大的可能性是蒋经理领会错了我的意思，那么她必定对我有看法了，要不要打个电话澄清一下，然后把钱退了？但最后，我还是觉得无此必要，事情只会越描越黑，搞不好无事生非。那么，就这样吧。

下午一点半上班，刚进办公室，手机就响了。掏出来一看，又是喻总。我有些纳闷，走出来到了楼道僻静处，问："喻总，又有什么事情？"

"嗯，你在单位了吧？"他说。

"是啊，刚上班。"我莫名有些紧张，感觉他的声音有点异样。

"你能不能现在就过来一趟，到我公司。"

"啊，为什么？"

"来了跟你说。"

"我在忙啊，要不你电话里说，过来路上起码要半个小时。"

"你是客户经理，这点自由总是有的吧？你马上过来吧，电话里不方便谈。"

我犹豫着，这些做老总的人怎么这样？讲话不由分说，好像我们都是他的部下，都得听他招呼似的，习惯成自然了吧。我有些不爽，但想到昨晚的事儿，就没了回绝的力量。当喻总又说："你三点前到吧，过后我要出去。"我就应下了。这老头子，感觉有点怪怪的，我且上门去听听他会跟我说些什么。我和王经理打过招呼，找个借口，出去了。

这次我直接把车开进公司大门。停车时，看到喻总的车，没发现他儿子的。下了车，直奔喻总办公室，门开着，我径直走进去。喻总抬起头来，没啥表情，说了句你来了，然后站起来给我泡茶。他关上门，又回去坐下，脸色突然变得阴郁了。

我又莫名有些紧张起来，笑着说："喻总，说吧，找我过来有什么话要说？"

他看着我，面相威严，说："小何，恐怕你会对我有些想法了，其实我对你也有想法呢！"

什么意思？我完全糊涂了，愈加紧张。

没等我回话，他又说："这个给你听一下。"他说着从抽屉里取出一样东西，插到电脑上，摆弄了几下鼠标，于是就有声音放出来。先是轻微的呼啦呼啦的声音，好像是车子开过，几秒钟后想起开车门的声音，砰的关门声，然后我的声音出现了……

录音时长大约两分钟，完全和实际同步。我心脏狂跳，人就像要窒息一般。我说："喻总，你怎么可以这样？！我昨天就很纳闷，我从来没有提过那种要求，你为什么要这样做？"我脑子里一片空白。几秒钟后略微有点清醒了，意识到事态的严重性。但我还是很纳闷：他为什么要这样做？目的何在？

他也有些尴尬，皮笑肉不笑，说："别急，别急，听我说，我也是迫不得已。"

"什么迫不得已？我做错什么了？贷款又不是我在刁难！"我大声说，但这大声也是压抑着的，只是相比于他的声音而言。

"刁难我倒也没这么想，但是我怀疑你的动机！"他又摆弄了几下鼠标，将录音笔拔下，放进抽屉。

我说："我不懂！请你明白告诉我！"

"你是不是认识一个外地女人？"他目光冷冷地盯着我。

我一愣，猜到了是谁，但猜不透他话里的逻辑关系。

"你是不是在帮她？本来她和国灿已经分开了，现在又搞在了一起！"

哦，我有点明白了，他怀疑我给他贷款是出于某种目的！我端起茶杯，想喝一口，可是手不住地发抖，就又放下了。

果然，接下来他的话印证了我的猜想。他说我给他们贷款，就是为了接近国灿。没有我帮忙，她怎么会知道国灿现在的手机号码？国灿已经半年没和她联系了，连电话都换了，本来这事情慢慢就过去了。

我默默听着，没法反驳，这难道不是事实？或者接近事实？

他又说下去：上个周日，国灿带着那女的去了一家饭店吃饭，恰好被他连襟看到了。连襟马上躲开了，当场就打电话给他。他就气呼呼地在家里等着。等到十点多，国灿回来了，父子俩爆发了一场争吵。国灿还想说服他，被他打了一耳光，当场就跑出去了，他也没拦，以为第二天儿子总会回来。可没想到，第二天儿子居然班也不来上，电话又关机，玩起失踪来了！为了表达愤怒，他在陈述时甚至用了"小畜生"这个词。

我低头听着。他就继续说下去：国灿在青岛待了一年半，钱都花在了这个女人身上。他舅舅开出的工资也不低，可国灿用光还不够，还挪用了公款七八万，如果不是亲戚，这是要坐牢的事！这种女人怎么可以做老婆？玩玩可以，当老婆绝对不行！国灿很老实的，回来后人家也介绍过几个对象，有老师，也有银行职工，虽然没谈成，但总归是听父母话的。就在上个月，又有人牵线，认识了一个女孩子，家里也是办厂的，实力比他还强，长相不差，人也本分，事实上两个人已经在接触了。可哪里会想到，这么个关键时刻出了岔子，这个狐狸精居然找上门来了，又把国灿的魂儿给勾走了！

听完，我抬起头来，看着喻总说："喻总，这些事情我也是第一次听到。你的心情，我非常理解！"

他说："这女的这么做，还不是看中我们家的钱！"

我说："很有可能。"

喻总看着我，咳嗽了一声，说："小何，有些事情就算了，我也不想追究。今天叫你来，就是要你告诉我，这个女的住在哪里？我们要去把儿子抓回来！"

我不响。

他又说："你肯定知道的！还有，如果我把这个录音拿到你们银行去，你也知道后果。"

他声音不高，可是我肯定脸都吓白了。我向他发誓，给他贷款绝无阴谋，又说了和沈曼萍认识的大致经过。

他冷冷地说："现在说这些都没意思了，你只要告诉我她住哪里，其他和你无关……录音这个事，当然我也不想这么做，你还这么年轻，有自己的前途，毁掉也可惜的。"

我全身在发抖。我被下了套了！如果这份录音拿到银行去，我就完蛋了！现金一万，而且是索贿，会怎么处理？法律上好像三千就够入刑了，那我的工作肯定是保不住了！我大学毕业后，在外地折腾了好几年，前年才回到老家进了银行，总算有了一种浮萍着岸，踌躇满志的感觉，怎么可以丢掉？我感到背脊彻骨冰凉，看到了一幅地狱般的图景。

我说："好，我告诉你。"我报了地址。

到南方分手

喻总说："写在纸上。"他站起来，递给我一张 A4 纸。我就趴在茶几上，写下了地址，字迹有点歪歪扭扭，然后放在他桌子上。

他拿起来，看了一眼，塞进抽屉，说："那个录音你放心，等事情处理好，我会删掉的。"

我说："叫我怎么放心？要不现在给我吧。"

"小何，我都这么大年纪了，也算是有点身份的人吧，承诺过的事情你有什么不放心？我用人格担保！"他说。

我低下头去，不说话了。我想起前不久本地报纸上登过整整一个版面的"春风行动"慈善榜，记录造纸园区的企业家为困难职工捐款。那上面名字从大到小，金额从五十万到十万，喻总也在其中，虽然是最低档的，但也是身份的象征。除了相信他，我还能怎么办？再说就是给了我又怎么样，谁能保证没有备份？所以说，我是有把柄被他抓牢了！

过了一会儿，我抬起头来，看着他说："喻总，今天这个事情，请你不要和任何人说起。"

"天知地知，你知我知！"他也看着我说，"就是老婆儿子那里，我也不会提起。我就说叫人找了，找到了。"

"好，喻总，你是有身份的人，我相信你！"除此之外，我还能说什么呢？

喻总盯着我，又说："我从国灿那里听到过几句，你还帮那个女的租房了。我实在想不通,你为什么要这样帮她?为什么要来掺和我们的家事?你和她,到底是什么关系?"

我又发誓我和她没有关系,只是碰巧认识,有点同情她而已。

他说哦,表情似信非信。接着又讲了一番话,大意是:对这种女人,有什么好同情的?仗着有几分姿色,想嫁到有钱人家来,但不要说以前的事不清不白,以后也很可能败家!偏偏国灿,这个不争气的儿子,被她喂了迷魂药,一点主见都没有!他真是愁死了,让这么个儿子来接班,他怎么能放心呢?最后又教育了我几句,有关做人的、谈恋爱的……他收起阴冷的脸色,倒像是个谆谆长者了。

一会儿,我头脑昏昏地出去了,因为慌不择路,差点撞到门框。我不知道接下来他们会如何行事,反正与我无关了。我后悔认识她,更后悔帮了她忙!

第二天,八点钟上班,凳子还没坐热,我就找了个理由出去了。我又去了鸿丰纸业,走进喻总办公室,趁无旁人把那个信封丢在了他的办公桌上。他似乎也不意外,但口头表示了一下不必要。我坚决要退还,那个信封像一块烧红的铁,虽然被我扔了出去,但手上已然留下了疤痕。我知道,从此我就是一个有污点的人了。

但我没马上走,坐下来问:"喻总,昨天行动了吗?"

"没呢,打算今天夜里去,家里人到齐。"他说。

我有些失望，可也理解，毕竟家丑不能外扬。但一切都会在他的掌控之中，这一点毫无疑问。

他又开始高谈阔论给我上课。大意是，他的年轻时代是一个"草莽时代"，成功靠拼劲和运气，所以他没读几年书，也闯出了一番事业，但到了国灿这一代（也包括我），就没这么幸运了。这是一个"精英时代"、知识经济时代，没文化不行了。国灿有文化，但性格软弱，这是他比较担心的，所以他找对象一定要当心，不能光看外表，要对事业有帮助。娱乐场所的女人绝对不能找，她们男人见得多，不会真心，而且还败家。

我唯唯诺诺，表示赞同。一会儿，我灰溜溜地告辞了。

## 10

我无法得知他具体的行动方案和过程，但我希望事情顺利，喻总把儿子抓回去，而沈曼萍呢，也早点回她的东北老家。退钱的次日，我几乎有点冲动，想打听一下，但马上意识到，这样做很愚蠢。但第三天，执念又蠢蠢冒头，于是我在晚上打电话给蒋经理了。

她说她不知道，这几天忙着，也没心思打听，反正国灿还没来上班。然后她问："何经理，你问这个干什么？"

我说："那天你自己说起的呀，我就随便问问，好奇嘛。"

"那是老板的家事。我们就安心做事，少操闲心。"
她说。

我们说了几句别的，挂了电话。

又过了一天，上午，我在外面办事，突然接到喻总的电话。他说："小何，我说话算数，那个录音已经删掉了。"

我说哦，愣了愣，又问："喻总，那你把儿子抓回来了，怎么做他的工作？"

"手机、车子钥匙都缴掉，人关在家里不准出去，好好反省！我就不信治不了他！"电话里，他的话也是那么掷地有声。

"嗯嗯，你也是为了他好，慢慢他会想通的。"我无力地说。我相信他的人品，心里面稍感宽慰。说句心里话，我好像也不怎么怨恨他，因为换位思考，我觉得他有那些怀疑也正常。

下午三点光景，我在办公室里埋头干活儿，撰写一份贷后检查报告后，忽听到嘀嘀嘀的声音，电脑右下方闪出一个小框，显示"怀念鱼"呼我。我点开一看，是两个问句：忙吗？有空说话吗？我没理会，继续干活儿。对她所有的好感，都已化为怨恨。


## 11


过了一个无聊的周末。周一晚上，七点多钟，我在单位

到南方分手

参加培训。银行这类活动挺多的，一个月里总有几次。那天是全省信贷条线的政策讲解，我一边看视频，一边做笔记。突然我放在桌子上的手机发出了振动，我拿起来一看又是沈曼萍。我愣了愣，没去接听，让它振动了一会儿，然后戛然而止。可是刚放下，它又振动起来，于是我就有些心神不安了。愣怔片刻，我拿起手机轻轻走出去，到了楼道里，按下接听键。

"曼萍，怎么了？找我有事？"

"何阳，你快来……"她声音无力，还带点哭腔。

我马上有些紧张，"到底怎么了？"

她没回答，只顾呜呜地哭了。

"好，我马上过来！"

培训也不参加了。我小跑着到电梯口，下去后又一路小跑，不多会儿就赶到了曼萍的出租房门口。因为怕被我姐姐看到，我还是第一次上她家门，但这会儿也不多虑了（他们住顶楼，遇到的可能性也不大）。我敲了两下门，一边小声喊"曼萍曼萍"。屋里面发出轻微的声音，不太听得清楚，我就用力一推，门竟然开了，原来没锁。进去后，闻到一股浓烈的酒精味，我看到一个红酒瓶放在玻瓶茶几上，旁边有一个泡沫快餐盒，装着米饭和几样荤素菜，饭菜几乎没少。沈曼萍躺在床上，身子平摊，双腿微屈，身上盖着一床碎花图案的被子，一条手臂和双脚露在外面，头发纷乱，脸色绯红，神情憔悴，脸颊上还有泪痕。房间里乱糟糟的，肯定好几天没收拾了。我的心一下子柔软起来，重又泛起了同情。

我说："曼萍，怎么了？生病了？"

"我的手……"她泪眼婆娑地看着我，声音有些颤抖。

"你的手怎么啦？"我仔细一看，那条露出的手臂袖子卷起，虎口处缠着一条米色的毛巾。我急忙上前蹲下身把毛巾解开，赫然见到一道血迹斑斑的伤口，而毛巾上也沾了不少血迹。我一下子明白是怎么回事了，顿时鼻子有些发酸。

我大声说："傻瓜！你怎么会做这种蠢事！"我按着她的手臂。幸好，血流得不多，也差不多止住了，伤口比较小，长度两厘米左右，看着也不深。

我又大声说："如果割到动脉，血流不止，你会死的！"

她哽咽着说："国灿他……不要我了……我真的……不想活了。"

"你真傻啊！大老远跑过来，就是为了一个男人来寻死？你死了，你父母亲怎么办？他们把你养大，就是为了让你去为一个不值得的男人送死？"我继续骂她。

她用另一只手掩面，呜呜地哭。

我仍然按着她的手臂，这是我第一次和她有身体上的接触，想不到竟是这般场面。我眼光扫向床头柜，看到了那个肇事的"凶器"，一把小小的水果刀，刀尖上还沾着血迹。幸好是把小刀。我猜想，她肯定是因为难过而喝酒（这酒想必是之前喻国灿买的，那时候是为欢乐助兴），闷酒喝下去越想越难过，就做出了蠢事，然后看见血又害怕了，就打电话给我了。

果然，她嗫嚅着说："看出血我又害怕了……我很傻是不是？不好意思，我在这里只有你一个朋友……你不会不管我的吧？"

我说："我会管你的！走，我带你去医院！"

她说不去。我拉她，她也不肯起来。我又仔细地查看伤口，血基本上止住了，应该没什么大碍。但消毒还是需要的吧。我说："那我去楼下给你配点药水。"

药店就在楼旁边，一会儿我就带着药物上来了。我先用碘酒擦拭了伤口，拿一张创可贴贴上，然后又缠上纱布。弄完这些，我安慰她："曼萍，没事了，别害怕！"

接下来我就坐在她旁边，问她具体情况。为了不暴露自己，我装作完全不知情（但我心里，对自己已有一丝厌恶！）。因为喝了酒，她的表述不是很清楚，但还是能拼出真相：三天前的晚上，八九点钟，来了五六个人，喻国灿的姨妈、姑妈、姑父，以及其他亲戚，敲开门后，把喻国灿带走了。他姨妈还指着她的鼻子大骂，什么狐狸精、小骚货，叫她不要再缠着喻国灿。然后就一直打不通喻国灿的电话了，她跟我联系过，我也没反应。而今天下午，喻国灿发来短信，说分手。

我问："他怎么说的？就这么简单一句？"

"你自己看。"她把手机递给我，一款红色的三星。她脸上的泪已拭去，神情依然抑郁。

我找到了那条短信，其实字还不少：曼萍，我对不起你，我父母亲绝对不会同意的！我只能听他们！所以我们还是分手吧！你也早点回去！

"好啊，分手就分手吧，"我把手机放在床头柜上，看着她说，"前一阵子你们和好了，虽然为你高兴，但我心里其实还是有些疑惑的。这不，还是被我预见到了！分手就分手吧，有什么了不起！你本来就是来分手的嘛，这不达到了目的！"我忍不住带着一点讥嘲的口吻，因为预见准确，甚至还有点小得意。

她郁郁呆坐，没有说话。

于是我又宽慰她了，说："旧的不去，新的不来。你这么漂亮，还怕没人要？"

她幽怨地看着我，说："可是他真的是很爱我的，是被他父母亲逼的……"

我说："可能吧。不过我也了解到一些情况，他已经在跟一个女孩子接触了，那女孩家里也是办厂的，而他父亲很看重这个，认为这会对他的事业有帮助……爱情是一码

到南方分手

事，婚姻又是另一码事！婚姻是两个家庭的关系，如果他父母亲不接受你，就算结了婚也不会幸福！"

她沉默，过了会儿说："有时候，我也这样想，还是放弃算了。"

我继续说："爱情是什么？爱情其实就是一种病，是自我幻觉！在现实面前，爱情不堪一击！这不，你还没放弃，他却先放弃了！"有这样一位既固执又不择手段的父亲，他不放弃我还感到奇怪呢。

她又沉默。过了更长一会儿，她说："国灿发来短信后，他爸打电话给我，说只要我同意分手，就给我十万块钱，把账号发给他，马上打给我。"

喻总肯定认为，只要她拿了钱，这事儿就可以彻底放心了。当然，我也这么认为。

我说："要是我就拿了！爱情没了，用钱补偿，何乐而不为？这么说老头儿还算有点良心，如果一分不给你，你又有什么办法？老头儿很精明的，跟我说过，你们在一起时，他儿子给你花了多少多少钱，还挪用了公款，这次肯拿出十万，说明他态度很坚决！"

沈曼萍咳嗽了两声，幽幽地说："有些事情你不知道的……"

我说："作为旁观者，有些事情我是不知道，但是我知道，你现在正确的选择，就是拿钱走人！"

她将被子往上拉了拉，更多一点盖住身体，可能是因为酒喝多了身子发冷吧。她上身穿了一件半高领的米色线衫，下面是牛仔裤，虽然被被子松松地覆盖着，依然曲线动人。

　　静默了一会儿，她先叹了口气，又摇了摇头，说："有些事情你不知道的。"

　　"那你说给我听呀，让我知道！"为了治她的"病"，就要望闻问切，了解得越多越好。

　　于是，愣了愣后，她说出了一番话，有些凌乱，意思如下：她去娱乐场所上班，是为了替家里还债。她父亲骑电瓶车撞了人，撞得有点厉害，医药费、护理费、误工费什么的，总共赔了十多万。家里没钱，主要是从亲戚那里借的。父母亲收入微薄，她就想替他们分担。上班后，她把大部分钱寄回家了。后来亲戚要买房，就来要债，父母亲愁得要死。大概是她和家人的通话，被喻国灿听到了，就执意要帮她。至于挪用公款，她怎么会知道？那时候不懂事，喻国灿给她买这买那，还挺开心的，当作是爱的表达。还有，这半年她待在老家，是因为怀孕打胎，医生没处理好，身子落了病，在家里休养……

　　默默听完，曼萍在我心里的形象，重新正面起来了，我对她的同情心又油然而生。但我不能让她沉湎于此，而是应该走出来。

　　我说："你这么一说，我就更加确定，也许喻国灿以前是真心爱过你，但现在已经不爱了，不管是不是因为家庭的压力……还有，我说句难听点的，如果他不是富二代，你会和他在一起吗？分开了还会这么念念不忘吗？"

她轻声说："会的，他就是没钱，我也爱他，也愿意和他在一起。"

我冷笑了两声。其实这种假设根本就没有意义。

曼萍也不说话了，抬起那只没受伤的手，将黏在脸上的几根头发撩开，脸色依然红通通的，神情有些呆滞，呼出的气里带着酒味。

一会儿，我继续说："你还这么年轻，长得又这么漂亮，说实话，根本不用担心没人爱你，说不定以后会碰到比他更好的！"

她继续沉默。突然她抬起那只受伤的手，抓住我的一条手臂，往她身边拉。我一愣，身子不由自主地倾斜，手掌落处是一个柔软的所在。我触电般地意识到那是什么，尽管隔了被子和衣服，依然能感受到它的柔软和丰满。我被吓着了，想把手收回来，可是被她紧紧抓着，又或许是自己不够用力，有点欲走还留。心里面打着鼓，身体的反应先行一步。

她略微仰起头来，脸红红地看着我说："那你爱不爱我呢？你想不想要我呢？"

很快我就清醒了，她现在就像一个落水者，只是想把我当成一根稻草来抓住！我用力挣脱开，又将身子往旁边挪了挪，不让她手臂够得着。等呼吸平静了，我睃了一眼那只空空的酒瓶，看着她的脸问："老实说，你喝了多少？"

"大半瓶。"她笑了一下，表情有点诡异。

"明知道酒量不行，还喝这么多，这不醉了吧！开始说胡话了！"我也笑了一下。

"我没醉。你到底爱不爱我？"她眼神迷离。

"我养不起你的！"

"我会去上班啊，又不要你养……再说，你工作不错，家里又有一栋房子，也是富二代嘛。"

"比他可差远了！"

"反正我觉得你也挺好的。"她嘟着嘴说。

"别说胡话了！"

沉默了片刻，她说："是啊，你了解我这么多，怎么可能还会爱我呢？"

"这个问题，等你清醒了再问，现在不是时候！"我说。

"唉，"她又叹口气说，"你们南方人，心思太复杂了！真是搞不懂你们，怕了！"

我说："不要有地域歧视！你们东北人，也不是人人单纯！"

"反正比你们直爽多了。"她又抹了一下涌出来的眼泪。

我换了话题，说："饿了吗？想不想吃点东西？"

———————————————— 到南方分手

"我想吃面。"她说。

于是，我就出去买了一碗三鲜面。回来后，看着她吃下去半碗。九点半左右，我告辞了。我没问她上班的事，肯定不上了吧，哪里还会有心思？这样，一个人在这里待着也是够无聊的了，应该很快就会回去的吧。

## 12

第二下午，我参加了一个比较隆重的活动，客户团拜会。这种活动一般都是在接近年底时举行，邀请一些高净值或关系比较好的客户，开个会，吃喝一下，送点礼物，联络感情，然后拜望大家冲刺一下存款。活动在五星级的南国大酒店举行，包下了五楼一个很大的会议室。五点光景，会议结束，共赴晚宴，在二楼的宴会厅。

我刚走出会议室，手机突然响了，掏出来一看，是曼萍。昨天下午，我给她发过短信，问她心情好点了没有。她说没事了，谢谢关心。

我按下接听键，"喂，曼萍，怎么了？"

意外地听到男人的声音："何经理，是我。"待我反应过来，他已自报家门。

"哦，小喻，怎么回事？你不是……"

"何经理，你现在哪里？我有急事找你！"

"我在南国。什么事？"

“我就在你们银行门口。你能过来一下吗？马上！不好意思……”

“哦，可以，”我疑惑着问，“曼萍和你在一起？”

“当然，就在旁边。”喻国灿说。

我连忙下去，离开酒店，开着车子过去了，心里面满是疑惑。十分钟左右我到了那儿。喻国灿，还有沈曼萍，就站在银行侧门的马路边。等我停好车，他们走过来了。我下了车，先是疑惑地看了一眼喻国灿，再疑惑地看了一眼沈曼萍。她冲我笑了笑，没说话。她又穿上了那件咖啡色的风衣，里面是白线衫，脸上化了一点淡妆，或许是为了掩盖憔悴吧。我本想问一下她的伤口，想了想没问。

喻国灿先开口：“何经理，不好意思……”脸色微红。

我说：“小喻，这到底是怎么回事？我真是越来越糊涂了……”仔细一看，觉得他脸颊消瘦了一些。

他笑了笑，说：“我是爬窗出来的。刚才，我妈和我姨出去了，我就试着从三楼爬下来了……说不定他们已经发觉了，正在找我呢。”他穿着那套米黄色的休闲西装，前襟那块有点儿污渍，估计就是爬窗蹭的吧。

“那么，那条分手的短信？”

“我的手机、钱包都被他们藏起来了，怎么可能是我发的？”他苦笑。

“哦……”我恍然大悟。是啊，为达目的，喻富泉什么手段使不出来？我愣怔着，又突然地心里面涌起一股莫名的复杂的情绪，就好像有时候看电影，会被跌宕的剧情深深打动，惊叹，嫉妒，感动，伤悲，羡慕……突然地另一种情绪强烈地袭来，那就是为自己曾经有过的想法而羞愧——不要轻易嘲笑爱情！哪怕是那种理所当然的不可能，说不定也会有奇迹！你怀疑，你不信，那只是因为你自己没有碰到而已！

晃了晃神，我又问："那么，接下来你们怎么打算？"

喻国灿说："我们打算去她老家，马上出发。何经理，找你就是想问你借点钱，我身上一分现金都没带，信用卡也不在，曼萍身上也不多，飞机票的钱还缺一点儿。"他表情有些羞赧，又有点急切。

"哦，借多少？"我担心他说出来的数字超过我卡上的余额。

"两千。"

"好，我马上去取。"平时别人向我借钱，我可能会有些计较，但此刻非常情愿，似乎这样就能赎一点罪。

我疾步走向旁边的 ATM 机房。一会儿我拿着钱出来，把钱递给喻国灿，笑着说："你爸还打算给曼萍十万块分手费呢。"

他收下钱，也笑了笑说："唉，还真不如拿了呢！"

"小喻，是不是该给你妈留个言？他们找不到你，会气疯的……"出于谨慎，我提了个建议。

"还是先别，"喻国灿苦笑一下说，"等到了那儿再说吧……嗨，怎么说呢，看我这几天不吃饭，我觉得我妈也挺难受的，我甚至有点怀疑是她故意让我跑出来的呢。"

我觉得也有可能。我又看着曼萍，说："那么，曼萍，祝你们一路顺利！有情人终成眷属！"这是我发自内心的祝福。

她也看着我，说："谢谢你，何阳！"能感受到她目光中的真诚。

"何经理，谢谢你！钱的事你不用担心，过阵子我就还你。"喻国灿说。

"没事，我绝对放心！"我哪会担心，到了那边，他肯定会和他妈联系，哪有做母亲的会忍心让儿子受苦？

一会儿，他们坐上一辆出租车，绝尘而去。我目送车子远去，猛然就想起，那天晚上喻富泉的车子就停在这不远处。这父子俩，一个给我塞钱，一个向我借钱，都是怪人！

突然我又有点担忧，万一被喻富泉知道我借钱这事，会不会又迁怒于我？这么一想，就隐隐有些悔意了，但一切已不可挽回。既然不可挽回，我就从正面肯定了自己的行为。

就在此时，一位同事打来电话，说酒宴快要开始了，问我去哪了。我说："哦，马上就到。"心中依然忐忑不安。

浮头鱼

# 1

朱莉说："你行不行？不行就算了。也别勉强。"

虽然语调不失温婉，可我还是察觉到她轻蹙了一下眉头，立即说："行的，没问题，我只是需要精神集中一点。"

一个男人如此表现，实在有点窝囊，但好在前几次都还不错。我翻身下来，盯着那个软塌塌的有点垂头丧气的兄弟，沮丧地想，怎么会这样？中午还特地喝了一杯鹿血酒，怎么会没有效果？那酒是前几天和一个朋友吃饭时顺来的，朋友自带的，说效果很不错，当时喝了也觉得身体有些热燥燥的，就厚着脸皮把剩下的半瓶要来了，可不知道为什么今天就没起作用。是朋友胡说？还是我身体真的太虚了？

我暗嘱自己，去除杂念，意守丹田，赶快恢复雄风，还拿手去鞭策那个不争气的小弟。可是依然效果甚微。而朱莉面色潮红，眼睛微闭，身体继续呈打开状，犹如一个坚固的炮架子。唉，我这门炮太不争气了，迟迟未能炮弹上膛。我觑了一眼那张带着一点渴盼的脸，真是羞窘极了，恨不得钻到床底下去。

————————————到南方分手

幸好这个时候，朱莉来帮忙了，用她那白皙丰腴略显肥硕的手指，一阵撩拨，终于让它昂然挺立了。我怀着近乎感激的心情，重新翻身上马，对准目标，长驱直入了。啊，那种温柔的包围，让我有一种安全感。然后我就继续进攻了，中间还玩了几个花样，我就是想用身体给予她充实和快乐，再说除了这个，我还能做什么呢？

　　终于，朱莉停止了呻吟，睁开眼睛，身体也随之停止了扭动。我俯视着那张酒醉般的满月儿似的脸，柔声说："好，现在该我来了。"说完，闭上眼睛，那感觉就像是一个士兵在进攻一座堡垒。终于，释放了，手臂一软，喘息着瘫在了一堆白花花的肉上。朱莉紧紧抱着我。大约一分钟后，她拍拍我的背，轻声说："好了，下来吧。"于是我就翻身下马。接下来，两个人先后起床，各自去卫生间清洗了一下。出来后，朱莉换上白色的真丝睡衣，我又套上那条猪肝色的平角短裤，重新躺在床上，头垫着厚实的大枕头，身子平摊。电视机开着，里面的人在嘻嘻哈哈不知道说笑什么。

　　冷不丁，朱莉说："我可能有了。"

　　我问："什么有了？"

　　朱莉拿起我的一条手臂，放在自己的小腹部，说："这里有了啊。"

　　我大吃一惊，忽地侧过身，看着她说："真的？你怎么知道？"一种很不真实的感觉在心里弥漫。

朱莉说："虽然我大姨妈不太准，可平时最多晚个三五天，一个星期到顶了，可这次过了快十天了还没来。"说完又皱起眉头。

怎么可能运气这么好？也就是上上次，我没准备好，太猴急，想就这么一次总不会有事，而她也大意了。难道真的就这么凑巧？愣了愣，我问："那你打算怎么办？"

"也说不准的……要不待会儿就去买张试纸，测一测。"

"试纸不一定可靠吧。"

"那要不干脆去趟医院，查一下。"

"如果真有了呢？"

"那还能怎么办？打掉吧。"朱莉剜了我一眼，叹了口气，又说，"唉，你们男人就光顾着自己快活，哪管我们女人遭罪！"

我不响了，心里说，那天也不全怪我吧。但还是有些自责，又有些失落。愣了愣，我问："打算哪天去医院？我陪你去。"

"算了吧，你陪去，那你算什么？"朱莉微微一笑。

我想想也是，便又沮丧地躺了下来，不说话了。过了会儿，朱莉突然说："哎，上次托你办的事情，怎么样了？"

"联系过了，可人家说有点违规，不好办。"

"有什么不好办的！我和他又还没离婚，拉个单子，怎么就这么麻烦？"

　　　　　　　　　　　　　　　　到南方分手

"查账是要本人出面的！我就是从银行出来的，会不清楚？你就是拿着结婚证去，没有本人的亲笔授权，也是不行的。正规操作就是这样。"

"谁叫你正规操作了？你送他一点东西，或者请他吃个饭，再说我又不会去外面说的。"朱莉说。

"好吧，那我再去做做工作。"我说。

这事儿是一个多星期前她和我说起的。朱莉和她老公正在闹离婚。起因是她老公出轨，在外面搭了一个小姑娘，好多年了。很长时间里她并不知情，后来发觉了，老公干脆就搬了出去，并提出离婚。朱莉当然不同意，但两年多闹下来，终于也想通了，于是就协议财产的分配和女儿的抚养。女儿一切花销归老公负责，但跟着她生活，直到考上大学再议。财产分配相对复杂些，老公名下公司与她无关，现在住的这套一百四十九方的房子，开的这辆原价三十多万的红色奥迪都归她，私房钱不算，再给她现金五百万，再加上她自己经营着一家生意还算不错的美容院，后半辈子应该是不愁了。因为是老公有错在先，表面看来，财产分配上她没怎么吃亏。然而，就在快要签字的当口儿，她偶然得知，那个狐狸精名下居然有一套排屋，就是去年买入的，光首付就要两百多万，已经在装修了。那么她完全有理由怀疑，这钱就是老公出的，只要能拿到证据，就可以推翻原来的协议，分得更多的财产，于是离婚又陷入了僵局。怎么举证？去查银行的流水，看看有没有大额的钱打给那个女人，或者直接打给房产公司问。那天，朱莉给了我一个卡号，就是我曾经工作过的银行的（也许还是我经手办的呢），说她老公平时主要用这个卡，让我去查。我就说去找找老同事，我也知道不容易，但还是硬着头皮答应了。

后来我们又小睡了一觉。三点钟左右，我起了床，出去了，朱莉一会儿也要去店里。

这是一个地段、环境都挺不错的小区，紧邻富春江，有几幢高楼和十几栋多层。朱莉的房子位于十一层，视线极佳，开窗就是浩荡的江面。下楼后，我走出门口处的阴影，立即就被四月的阳光笼罩了，身体有一些轻微的灼热感。我的车子停在稍远处。小区门口的空地上，那辆开了三年多点的黑色雅阁，也是我目前唯一拿得出手的还算体面的东西。坐进车子，点火，手按方向盘，却没有踩下油门，因为还没想好去哪里呢。茫然了几秒钟，我决定去找陈晓勇，也不打电话了，直接过去。一会儿，车子慢慢启动。世界如此美好，小区里迎春花烂漫无比，夹竹桃粉艳动人。出了大门就是江滨大道，绿化带上更是繁花竞艳，姹紫嫣红，可我的心境却很灰暗。

## 2

一会儿我来到了迎宾路上。在一幢挂着某某银行牌子的

　　　　　　　　————————————到南方分手

大楼前停好车，戴好口罩，下车。这是一家开设没几年的小商业银行，陈晓勇在这里当副行长，而他曾经是我的直接领导。现在银行如超市，在这个常住人口也就二十来万的小城市里，大大小小已经有了近三十家银行。上了二楼，只见办公室关着门，门口的牌子显示在岗。我敲了两下门，很快听到脚步声，俄顷门开了，露出一张戴着眼镜的年轻小伙子的脸。他看着我问："你找谁？"我没理他，从门缝里往里瞧，只见陈晓勇正端坐在办公桌后面，前面放着一把高背椅子。我还没开口，陈晓勇就说："你先在外面等一下，我在和员工谈事儿呢。"我说："哦"，闪开了。员工随即把门关上。我进了旁边的会议室，空落落地坐下来，点上一根烟，心事重重。

唉，往事不堪回首！不堪回首！四十三岁之前，我从来没有想到过，有一天我会如此落魄！

回忆前半生，还是比较顺当的。我出身农村，家境清贫，从小就比较懂事，用功读书，考上大学，金融专业。毕业直接被分进银行，后来所谓的国有大行，从柜员做起。三十岁左右，成为客户经理，再成为资深客户经理。三十八岁那年，我的直接领导，也就是陈晓勇，跳了槽，去一家新设立的商业银行担任副行长。大约半年后我跟了过去，当了个金部经理，不光头衔好听了，收入也大幅增长。说实在的，这样的经历谈不上有多精彩，但对我来说，已经比较满意了。本以为人生从此开挂了，可没想到很快就折桅翻船。这么说吧，进入那家商业银行后不久，我就认识了一位私募产品经理。他来银行寻求合作，也就是介绍客户购买他们的理财产品，主要是投向政府城投项目。私募产品经理能赚取手续费和按约定的业绩分成，客户获得了比存款更高的收益，银行能赚取一点中介费，即宣传中所谓的"三方共赢"。我是银行老员工了，这种事也见识过，要说风险，不是没有，但相对较小，而且事实上也一直在这么操作。我因为太想出成绩了，在汇报了分管领导（就是陈晓勇）后就做了起来，而行长实际上也知情，不说鼓励，至少默许吧。这样搞了两期，客户很满意，自己业绩也很好。不料前年，因为宏观收紧，加上投资失误，那家私募突然陷入了财务困境，有六千多万拿不回来了。实际上，也就是前一年，杭州有许多P2P项目爆了雷，吹了几年的金融泡沫破灭了，而我们所投的，并非P2P，理论上说靠谱多了，属于不幸中招。严格地说，客户是赚是亏，不关我事，因为事先我也是提示了风险，一切按规则办事的，但我却惨了，因为把自己也搞进去了——两期做下来，感觉没什么风险，就把自己的钱也投了进去。整整一百万哪，也都打了水漂，至少目前来看。出事后，我们一方面向私募方施加压力，一方面竭力安抚客户，其间暴发了疫情，拖延了半年，终于顶不住了，客户来闹事，最后事件就变成了案件，说涉嫌非法集资（大部分投了一两百万，最多那位投了五百万）。法律层面，还够不上什么，官司在打，案件尚未定性，损失也尚未确定，但分行立即开展了内部追责。本来陈晓勇也会受牵连，但说好了让我一个人挑。我觉得反正自己逃不掉，保他对自己也有好处，就担了全责，以为再多罚点钱，顶多就是免职，可没想到最后的结果，却是被银行迫不及待地切割了——辞退，和我彻底地撇清关系。辞退也不可怕，可以去别的银行，可是银监又来了一个处罚，更加严重，五年之内不得在业内任职。陈晓勇呢，很快跳了槽，来这里继续当他的副行长。而我失业半年了，已经来找过他几次，怨也没用，现在还得来求他帮忙呢。

抽完烟，我正看着窗外的树发愣，听到笃笃两下敲门声，扭头一看，陈晓勇站在门口。"和员工谈完了，那你过来吧。"

我进去后，陈晓勇又把门关上，回到自己座位上。我就在刚才员工坐过的椅子上坐下来。他递烟，我摇摇头不接，他便收起烟盒。陈晓勇说："刚才就是在和个人基金部经理谈工作。马上又有两个区快要拆迁了，得去和人家抢存款，今年开门红不理想，接下来要加把劲了。"

这些话我听着很耳熟，因为本来也就是我做的工作，反正就是领导压任务，下面拼命干。我笑了笑说："领导，你还是蛮舒服的！"

"舒服个屁！自己晓得。"陈晓勇说。

想想也是，任务是层层往下压的，每一级都有考核，都和自己的职位、收入挂钩，尤其商业银行，更尤其小商业银行，灌输的就是狼性文化，推行的就是唯绩效论。而且他这一次跳槽，并非主动，收入肯定下降了。

聊了几句后，陈晓勇问："那你现在做什么？"

"什么也不做，每天闲逛。"我说。被辞退后，头两个月我就闷在家里，没去找工作，甚至都不怎么出门。后来，陈晓勇到这边后，给我介绍过一份工作，一家小额贷款公司做业务顾问。我去了，但半个月不到就不干了，因为一则不能进编，待遇太低，二则同事领导始终另眼看你，感觉很不舒服。后来自己去找过工作，包括一家证券公司和两家工商企业，可是都没有成功。

陈晓勇说："每天逛着，那怎么行？"

"有什么办法？又不是我自己愿意。"

"心态要放好，这几年就别想跟在银行时比了，差不多能糊口的工作，就去找一个，以后，以后再说。"

笑话，五年过了，还能进银行？到时候客户关系都断了，哪家银行还会要我？除非他当了行长，不过就算他当了行长也难，一则我年纪太大了，上面未必能通过，二则他也会考虑业绩吧。

愣了愣，我说："不是不去找，而是找不到。应聘过几家企业，可他们居然都嫌我年纪太大了！我才四十四岁，可是在人才市场上已经毫无竞争力了！有时候我甚至想，干脆就去当个外卖小哥，或者去做保安算了！就是有点不甘心……真是没想到，离开了银行会这么惨！"我说的都是真心话，言辞之中对他表达了一丝不满，但也不想太过分。再说，这事儿说实话，也不是他的本意。

陈晓勇叹了口气，说："处罚太重了！真是没想到。"脸上带点歉疚之意。

我笑了笑，说："也没什么的，不去想了。"说实话，我也不是一点都不觉得冤，但想到那些客户，也就无话可说了。

沉默了一下，陈晓勇说："要么去做点生意。"

"正有此意。"我说。

"什么生意？"他问。

于是我就大致说了一下。有个朋友，想开培训学校，不是文化教育类，而是电脑编程培训，属于国家鼓励的技能类，对象主要为中小学生，加盟性质，一百万启动资金，答应让我参股，最多30%。我认真调研过了，觉得前景不错。

陈晓勇说："那不错的，可以试试。"

我说："本儿呢？就是苦于没有本钱啊。"我的情况，他完全了解。

"去借借。"

"去哪里借？要不你借我？"

陈晓勇笑笑，说："我最多只能借你五万。"

他的情况，我也基本了解。大前年买了大房子，每个月按揭上万，还有女儿在英国留学读高中，经济状况也是相当紧张。

我笑笑说："算了，五万太少了，我还是想想别的办法吧。"

"要不你用房子抵押来贷款？"他又说。

他把我的想法说出来了。我沉吟。我的房子按揭还没到期，不过余额不多了，大概还有二十来万吧，可以先还掉，再抵押贷款。中间找人过桥，哪怕打对折，按现在的房价，应该可以贷个八十万左右吧，当然我不需要这么多。我和他说了一下大致情况。

陈晓勇说："可以的，只要你老婆同意，那就这样操作。我这里给你做，尽量给你利息低点。"

我又说了一下过桥的事儿。陈晓勇说没问题，这个我帮你搞定，费用也不会太高。

我说："好，那就先谢了！我回家和老婆商量一下。"我知道，他也只能以这种方式来帮我了。

又坐一会儿，他有电话进来了，我便起身告辞。

他捂着话筒，和我又说："我也快下班了，要不一起吃饭，有客户约我。"

我说："算了，这种生活不适合我了。"

## 3

告别陈晓勇，我便回家去。

我家住在一个老小区，房子比较旧，可地段甚好，三楼，九十平方米，一家三口，说不上宽敞，但也还舒服。本来前年有过换房计划，甚至还和老婆跑过几个售楼部，但如今一切落了空。不光存款没了，还欠了债，因为我投的那一百万里，其实真正属于自己家的是八十万，另外二十万是老婆表姐的（说好是合伙投资，因为要一百万起步。虽然是受我鼓动，可也是为了她好）。出了事后，这表姐也像别的客户那样来闹事，甚至还不如别的客户，因为闹到我家里来了。我老婆倒是很硬气，把家里仅有的十万块给了表姐，又写了一张十万的欠条，权当那笔投资全是自己家的。而她表姐居然就拿了，说给我们两年时间，不要利息。我老婆答应了，但从此断了亲情。我老婆在园林绿化所上班，女儿读小学四年级，本来一家人和和美美。唉，全被我搞砸了。拿房子抵押贷款，这事儿我考虑好几天了。可房子是夫妻共有财产，需要老婆同意，而她会不会同意，我心里也没底。但是，刚才去了陈晓勇那儿，贷款的想法就更加强烈了。

到了家，老婆在做饭，女儿在写作业。我老婆叫孙群英，小我三岁，也是农村出身，大学念财会，现在就做出纳，长得小巧玲珑，年轻时颇有几分姿色，现在身材也还不错。我们是自由恋爱，说实话，以前感情很好，但我出事后，她也被弄得灰头土脸，吵了几架后，基本就不太理我了。为了不让女儿知道，两个人还睡在一张床上，但她已经半年多不让我碰她了，只是没提离婚而已。

吃好饭，老婆洗碗，对女儿说："一会儿妈妈带你去商贸中心，给你买件衣服。"春天了，女儿没有合适的春装，长了个儿，去年衣服小了。女儿问我："爸爸，你去不去？"我笑笑说："不去，你们去吧。"

可一会儿她们出去了，我在家里也待不住，就去了附近的公园走走。那是一个小公园，但布局精致，景色不错，有池塘、凉亭、草地，更有不少花花树树，树叶碧绿，花香怡人，吸引了不少市民。我在石砌小径上走了大半圈，来到一条髹红漆的长廊边，停下来，听一帮老头子们谈天说地。聊天内容五花八门，有论中美关系，有议疫苗效果，争得不亦乐乎。我觉得他们很幸福，就想，如果能早点退休也不错，可是我离退休还远着呢，而且，这半年非但没有收入，还得自己缴纳养老保险和医疗保险，每个月一千块多点，如果一直不工作，就得一直自己交，还有差不多二十年。考虑到延迟退休政策，我心里就抓狂了，焦躁无比，又十分压抑。一个多小时后，我回到家里，发现老婆和女儿已经回来了，正在看电视，我就无声地踅进了书房。

八点半左右，女儿先睡了。接着老婆洗漱后，进了房间。然后我也洗漱好了，进房间去。两个人靠在床头上，也不说话，一人拿一个手机，电视机没开，灯亮着。后来，老婆说："我要睡了。"随即关了灯，躺下来。一会儿我也躺下来，酝酿情绪。晚饭时喝了一点酒，这会儿身体有点反应了。黑暗之中，我将手搭在了她的腰上，可没来得及进一步行动，她就迅速反抗了，把我的手打掉，并喝问："干什么？"

我轻声说："想亲热一下。"

孙群英说："滚开！没有心思！"声音不高，但语气坚决。

我说："半年没做了，哪有这样做夫妻的？"

我索性去摸她的胸，没想到她的反应更激烈了，霍地坐起来，说："你再这样，我睡旁边去了！"

我只好说："好好，睡吧，那就都睡吧，没心思了！"然后愤怒地躺下了。本来我是想先制造一点和谐的气氛，再说那事儿的。我躺着，身体冷下来，心里更冷。

其实在我的心里，孙群英是个好女人，无论是从妻子或者母亲，再或者职业女性，任一角色来评价。唯一的遗憾，就是有点性冷淡，以前也是，现在更甚。但她也有过热情的时候。那是好多年前了，我们谈恋爱的时候，那个春天的周末，她带我去她家里，和她父母亲初次见面。我不免有些腼腆，吃好晚饭，坐了会儿，就起身告辞了。她送我出来。我借了一辆朋友的车去的，她就上了车，说送我到村口，可是到了村口，却又依依不回。后来，她突然红着脸对我说："我想要。"我激动地说："这里怎么可以？要不和我回去吧！"没想到，她指了一下路边的小树林，脸色红红地说："我们去那里……"我把车开进了那片黄昏中渐渐幽暗下来的小树林，就在车子的后座上，她像一条河，任我泅渡。事后，我又把她送到家附近……可后来，她就再也没有这么奔放过。

说实话，我和朱莉好上，与孙群英的态度不无关系。我对她也是心怀内疚的，因为不管怎么说，总归是我负她，然而，想到她对我的冷漠，我的内疚感又减弱了。

我沮丧地想，慢慢来，反正这事儿也不急，人家还在筹划呢。我睁着眼睛躺了一会儿，又闭上眼睛，数了大约一千只羊，迷迷糊糊地睡着了。

## 4

这些日子是怎么过来的，只有我自己知道！

前年八月份之前，每个月都会有一两万块打到我工资卡上，九月份私募爆雷，收入受到影响，也还有七八千入账，但是去年九月份之后，我一分钱的工资都没有了，而且还是被扫地出门，年终奖什么的也统统取消。一下子身无分文！正当我恓惶如丧家之犬时，意外地发现自己还有个基金账户，上面居然还有五六万市值。我这才想起来，自己刚跳槽过来任部门经理时，行里下达了一个基金销售任务，为了作表率，自己也买了十万块。两只股票型基金，各五万，因为股市行情不好，亏得只剩差不多一半了。但我已毫不计较了，这钱能拿来救急，要用时就赎回一点。家里的开支，我已分文不出了，自己的开支，总没脸问老婆要吧，真到那一步，做人还有什么意思？

　　缴保险、养车、抽烟、多多少少一点应酬，半年下来，用掉了快两万。过了年，因为每天在家实在太无聊（说实在的，我也不太想出去，不太想见人。再说句难听话，开车也要费油钱啊），就想自己炒炒股票吧，就赎回了一半，用两万块钱做做短线。基本上每天都有买卖，略有盈余，也就是消磨时间而已。

　　这天我就在家里，上上网，看看股市。下午两点多，昨天买进的那支套了一个多点的股票，突然冲高，眼看着又要回落，我果断地卖出，赚了两个多点。我正在自选股里浏览，考虑买什么，手机突然响了，一看是包东平，就是那个想要搞培训班的朋友。

　　他说看好了一处场地，在文创大厦，叫我过去看看。我说马上过来。其实，包东平最早是我的客户，在国有银行时，他办了一家小化工厂，生产胶乳，是白板纸的主要原料之一，而我们这里又是白板纸基地，故而生意不错，一年纯利三五十万。但企业初创时，他实力微薄，连原材料进货都困难，就托朋友找到了我，办了一百万房产抵押贷款，后来贷款一直在转。我跳槽后，和他联系少了。前年因为修高铁，他的厂房被征迁，房子是租赁的，土地款跟他无关，他赔了设备款以及经营损失，总共五六百万。因为环保的原因，我们这边的造纸企业基本上面临着关闭的前景，事实上好多已经被关闭，他也就不想再干实业了，买了一套房子，还剩下两百来万，想弄点事做。和我数年没联系了，但十来天前，我们在一个饭局上碰到了，说起想搞培训班，他有个老表，在杭州弄这个的，可以加盟。当时我听了，也没说什么。过了两天，我打电话给他，希望合伙。一开始他不乐意，我就死磨硬泡，还提起当年的帮忙，他终于答应了。那时候他也是刚有想法，还未实施。

等我赶到文创大厦，他也刚到，正在停车。两人一起上去。这楼建了没几年，产权属于报社，报社用不了那么多，大部分出租。坐电梯上去时，包东平说："这里房租不贵，只要一块五一平方米，财富中心要一块八，国贸要两块多，还有这里交通也挺方便，好几条公交线直达，自己开车的话，停车场也不远。搞培训班，场地当然很要紧，找到一块合适的场地，并非那么容易。"包东平偏胖，大我两岁，头发有点灰白了。看得出来，他对新事业非常投入，这样才好，大家有劲头，未来才有奔头。

到了十七楼，我们沿中间通道走进去。两边都是大开间，大部分空着，有一家保险公司，一家律师事务所，还有一家基金公司。走到顶头，他说："就是这里，搞培训班，人比较多，还是角落里好。"

里面也是一个大开间，雪白的墙壁，米色的大理石地板，蒙着一层灰，照出模糊的人影。实际面积两百平方米左右，但看起来很空旷。

包东平说："要不就先租下这间吧，按目前的报价，房租三百来块一天，九千来块一个月，也不算高。以后搞大了，我们可以在旁边再租一间。"

我笑道："还不够大？都坐满的话，生意很不错了！"

包东平也笑道："做事情就要有点野心嘛，要有发展的眼光！"

我走到窗口，俯瞰下面。包东平又说："电脑本来可以用旧的，但既然是搞编程培训，肯定是要用新的了。这一块是主要的投资，另外加上加盟费、头一年的房租，以及其他零零碎碎，一百万投资还是要的。"

我说："差不多吧。"

"那你的钱什么时候到位？到位了，我们就马上动手。"包东平站在我背后说。

我转过身来，说："我正在筹，应该快的。"我的情况，对他也不用隐瞒。

他说："好，下周应该没问题吧。"

"应该可以。"我说。

他说："那么我再去找业主谈谈，争取房租再降一点。你有没有认识的人？"

我想了想，说没有，再想了想，又说："教育局那边倒是有朋友，到时候可以打个招呼。"既然合伙了，总得显示自己的价值吧。办培训班，不同于开一般的公司，需要多个部门报批。

然后，我们就分开了，他去办事，我回家。开出一段路，我突然接到了朱莉的电话。我忙靠边停下，问："什么事？"

朱莉说："我在医院。"

我这才想起来了，忙问："检查结果怎么样？"

她叹了口气，说："麻烦了，还真是有了！"

我说："那我过来。"

她说："不用了，我自己开车来的。"

我沉默。她又说："我以为自己都快要绝经了，没想到还会怀孕。"她跟我说过，这几年因为心情不好，不光人变胖了，内分泌也失调。

怔了怔，我问："那什么时候做手术？"

"医生建议下个星期，具体哪一天，到时候再说吧。"她说。

我说哦。她又催问查账的事情。我说好的好的，那我明天过去一趟。结束了通话。

回去的路上，我心思杂乱，想起了很多往事。

多年前可没想到，有一天，这个女人会走进我的生命。其实，和朱莉的认识，源于她的老公陆建梁。他是我的初中同学，老家隔壁村的。我们那个地方离县城很远，教学质量不高，没几个人通过读书改变了命运，而我算是一个。我高中考到县城。陆建梁人也很聪明，可读书不怎么样，去了当地一所中学，没考上大学，就去打工了，后来跑销售，再后来自己办公司，环保方面的，设备和施工一条龙。说起来，他创业的资本还是朱莉家给的。她家也在乡下，离城不太远，父亲办了个小五金厂，资助了他。多年前她父亲病故，那个小厂交给了她弟弟。朱莉比我们小四岁，他们俩谈恋爱的时候，我就和她认识了。那时候朱莉远没现在这么胖，相貌一般，身材应该说比较好，他们婚礼我也参加了。后来，陆建梁办公司，我也帮他贷过款，还经常在一起玩。再后来，他们关系不好了，我还做过和事佬，一直到没有希望了，才劝她放弃算了。也就是那时候，她经常找我，两个人关系密切起来，但发展到那一步，是在去年。我失业后，有一天她请我吃饭，就在她家里，她安慰我，让我颇为感动，后来，趁着一点酒劲，我主动，她也没怎么反对。事后，她又表现得有点内疚，说："唉，我还骂陆建梁呢，可想不到自己也做出了这种事。"我就笑说："别放在心上，是他先不仁，你才不义。"其实，她人真是不错，脾气耿直，甚至可以说有点豪爽，为人善良，对我也很温柔，劝过我去找工作，但有一次也这样说过："你放心，其实你就是不工作也没关系，大不了我养你。"我当然说不要。后来，她同意离婚了，又说过："要不你也离了算了，干脆我们俩在一起吧。"我应承了，可心里并不当真，就当是在床上说说的玩笑话嘛。搞培训班这个事儿，我还没跟她提过，想过问她借钱，可是开不了口。

## 5

家里吃晚饭时，我就想说了，可迟疑不决，还是没有说出口。吃好饭，女儿说要出去买两支笔，0.5笔芯的黑色水笔，以及修正带，就问妈妈要了十块钱，出去了。一会儿，孙群英开始收拾碗筷，洗刷。

我站在厨房门口，咳嗽了两声，说："我想跟人合伙搞培训班。"

孙群英不吭声。我继续说下去，怎么加盟，怎么招生，怎么有前景。说完了，我问："你觉得怎么样？"

孙群英侧身朝我，头都没动说："你去搞好了，总比这

　　　　　　　　　　　　到南方分手

样闲着好，整天浮头鱼一样！"

浮头鱼，还真是形象。鱼浮头，那是因为缺氧，所以浮在了水面上。如果缺氧严重，鱼就会死亡，成片的鱼肚皮朝天，土话叫"翻白"，这种现象我小时候在农村可没少见。孙群英已经骂过我好几次浮头鱼了，还逼着我去找工作，就是在这种时候，我会萌生干脆去当外卖小哥或去做保安的念头。沉默了一下，我说："问题是我没钱，要投资三十万。"

孙群英嗤地一笑，说："那你不是在唱戏？难道要我变出来给你？"

我沉默，顿了顿，说："办法倒是有一个，就是拿这套房子抵押贷款。"

孙群英突然转过头来，恶狠狠地盯着我，说："休想！"

我说："拿房子抵押贷款的人多了去了，再说我也是为了这个家。"

"万一你又失败了呢，我和女儿住露天去？"孙群英嚷道。

愣了愣，我说："这个比较保险，再说就算生意不怎么样，也不至于亏本，还能转出去……我今天去找了陈晓勇，他也说可以试试，贷款他会帮忙。"

"你别跟我提陈晓勇！你被他害得还不够？"孙群英又大声说。

又愣了愣，我说："那也不是他故意的。事情总是要做做看的，难道我这样坐吃山空好？如果不做，怎么知道会不会成功？"

"呵呵，呵呵，还坐吃山空，你还有山？你已经空了！空到底了！郑玉峰，你能自己弄到钱，我随你怎么折腾，但是，想打这套房子的主意，我绝对绝对不会同意的，你就死了这条心吧！"说完，孙群英手臂一挥，"啪"的一声响，地上全是白色的碎瓷片。

她的性格我知道，那就没有再说的必要了。我心里涌起许多无奈和悲哀，呆立了几秒钟，出去了。

到了楼下，也不知道往哪里去，有些茫然。后来决定去旁边的小公园。走出几十米，拐过弯，迎面碰到了女儿。

女儿冲我笑着问："爸爸，你去哪里？"

我说随便走走。

女儿说："爸爸，早点回来噢。"

我说哦。

女儿从我身边走过去了。突然她又叫了声爸爸。我站住了，回过头去，问："怎么了？"

女儿说："五一放假，你要带我出去玩噢，你答应过的。"

五一还有十多天，可她已经在向往了。我是说过，带她去附近玩玩，反正也不方便出省。女儿十二岁了，瘦瘦长长的，个子像我，五官像她妈。女儿其实挺乖的，知道我没了收入，也不提过分的要求了，前几年我们先后去过韩国、泰国和日本。但女儿毕竟是个孩子，想着玩儿的。

我说："好，到时候再说。"

女儿说："那就带我去千岛湖吧，我们一家三口都去，住一个晚上。我们班好几个同学去过了，玩得可开心了。"

去千岛湖，前一阵女儿就和我提过，我当时心不在焉地答应了，没想到她还记在心上。我说："千岛湖太远了，要不就在本地玩玩吧。"

女儿小跑过来了，拉住我的手摇晃着说："爸爸，千岛湖不远的呀，开车也就两个来小时。你上次答应了的，不许耍赖噢！"

我本来就心情沮丧，一下子就怒火上攻了，大声说："小可，跟你说，爸爸没心情，哪里也不去了！"猛地一使劲，把女儿的手甩开了。女儿叫郑可然，小名小可。

女儿愣了，然后哇的一声哭出来，站在那里抹眼泪了。

我突然又心软了，万分地内疚，蹲下来抱住女儿，说："宝贝，爸爸心情不好，对不起，爸爸带你去。"

女儿哭着说："我不想去了。"

我说："去的，去的，爸爸带你去。说，你还想买什么，爸爸给你买。"

女儿抽噎了一会儿，说："我们语文老师说，要买本新华字典了，最新版的，要一百多块钱呢。"

我马上说:"爸爸给你买,明天就去新华书店买,最新版的新华字典。"

女儿低着头,不说话。

我又说:"宝贝,爸爸对不起你,不该发脾气,向你道歉!"我哄着,女儿这才抬起头来,有了笑容。想起来更内疚,这半年,我没给女儿买过一样东西。我是一个失败的父亲,也是一个失败的丈夫。

我又说:"爸爸心情不好,所以脾气不好。"

女儿小声说:"那是你自己的缘故。"

我说:"是的,爸爸不对,要改。"

女儿说:"去找个工作吧,这样妈妈也不会怪你了。"

我说:"爸爸会努力的!还有你自己,也要努力学习!大人的事情,大人会操心,你别受影响。爸爸妈妈不管怎么样,都希望你好。"

女儿点点头,小声说:"知道了,那我回去了。"

我替她拭掉眼泪,目送她离开。然后转过身,一摸自己的脸,眼睛下面早已湿漉漉了。


## 6


朱莉的美容院开在大型超市旁边,两个门面,一楼一底,员工五六名,清一色小姑娘。我认识她的时候,她还是幼儿园老师,没有编制,因为家境不错,她也无所谓。后来

到南方分手

和陆建梁结了婚，她就不当老师了，做过一阵子安利代理，比较成功，再后来就开了美容院。那时候她父亲已经不在了，说起来，都是自己挣下的家业。她是个挺能干的女人，可惜没嫁对老公。

大约十点光景，我从银行出来，马上打电话给朱莉，问她在不在美容院。她现在对生意不太上心了，加上有个贴心的好店长，就经常不在店里。她说："在的。"我说："那我马上过来，单子拿到了。"做了几回工作，前同事总算给我打了一份流水单子，可只许我拍照，不许拿走。但我已经表示感谢了，对他这种谨慎也完全理解。

离美容院还有四五十米，我就停车熄火，但没下车，又打电话。一会儿，朱莉出来了。其实以前，我跟着陆建梁，进去过好多次，洗个脸，敲个背，或者就是休息一下。他们关系闹僵后，我也进去过，但自从我们有了那种关系后，反而不想进去了，一则我有点不自在，二则她也希望保密。

她微笑着走过来，拉开车门，坐在副驾驶座上。她是老板娘，就没穿那种粉色的工作服，一袭长裙，灰黑色，薄的羊绒料子，很修身。坐下来，肚子上勒出两个圈。脸上虽然化过淡妆，可还是雀斑隐现，而且还有些浮肿。这真是无奈，虽然她自己做美容，却没法让自己保持容颜，岁月不饶人，再加上心情不好。她看着我，急切地说："单子呢？

给我。"

我说在这里，拿起手机递给她。她马上瞪大眼睛，说："怎么是照片！"表情显示很不满。

我说："已经不容易了！一样的，你反正就是看个数字。"

她接过了，看了一眼，又说："怎么才这么一点？"

我说："你只需要那个时间段的流水，其他的，要来干什么？"

她不说话了，低头细看。一会儿她突然气喘起来了，说："你看看，这里，还有这里，有两笔大额转出，一百万和八十万，相差了两天，肯定是转给了那个狐狸精，去买房子！转入的那个账号，名字你有没有查到？"

"人家很小心的，不肯提供。"我说。

"肯定是她！"朱莉抬起头来说。

我说："那也不一定的，也许是生意往来呢。"

"生意往来，怎么会走个人账户？"她乜我一眼。

沉默了一下，我说："那你打算怎么办？"

"跟他摊牌！哼，有了这个，就是证据在手！他一直跟我说，公司效益不好，不挣钱，原来都是给了狐狸精！我现在要多要两百万了，否则不签字！"朱莉胸口起伏着。结婚后，他们夫妻俩财务基本独立，朱莉从不关心陆建梁赚了多少钱，关系闹僵后，又无法得知了。对陆建梁的情况，以前我比较了解，要说有多赚钱，也不可能，就是那块地值钱，如果拆迁，赔个两三千万没问题。

愣了愣，我说："何必呢？你们好不容易才谈成了。再说，你要这么多钱干什么？"

"可我实在是气不过！"

"那万一他不肯呢，又把事情闹僵了。"

"反正我先试试。"朱莉表情严肃。

过了会儿，我又问："那你哪天去做手术？"

"就这两天吧。"

我说哦，有点失落。

然后，朱莉让我把照片发给她，下了车。我看着她进了店，发动车子。

7

那天夜里我做了一个梦。据说正常人，每天晚上都会做梦，而且会做好多个梦。科学上说，梦就是人的脑电波的活动嘛。梦境，就如繁星闪烁的夜空，但正常情况，人醒过来就都忘了，星辰们无影无踪，仿佛白日晴空。能够记住梦，往往是身体或者心理出了状况，而梦又往往带着寓意。

那夜我记住的梦，可一点也不神奇，可以说完全是现实主义的。我好像回到了高中时代，面临高考，我认真复习，对考试踌躇满志，然后就进了考场。老师发下来试卷，我心情还很放松。可是，拿到手一看，天哪，我居然什么都不会！一题题看下去，居然没有一题会做！我紧张，惶恐，心想这下完了！然后就在急得要哭的状态中，突然惊醒……眼前一片漆黑，抬手一摸，已是满头大汗。我坐起来，摸索到手机，看了下时间，凌晨三点还不到。抽了几张纸巾，擦掉汗水，我就在黑暗中坐着。寂静，除了孙群英的呼吸声。我在黑暗中睁着双眼，恍惚中记起，这样的梦近来似乎做过好几回了。那么这梦寓意了什么？应该就是内心的焦虑吧。可现实如此，怎能不焦虑？一会儿我又躺下来，闭上眼睛，慢慢地睡着了……

起床后，我又面临着严酷的现实。

孙群英不同意，那就贷不了款，可我又不想放弃，怎么办？我搜肠刮肚，寻找可以开口借钱的人。自己家的亲戚，似乎都不适合，要么是没钱，要么是我开不了口。认识的那些企业老板，这点钱对他们来说是小问题，但大问题是，哪个愿意借我？有几个被我"坑"了，本身就在恨我，大部分关系也一般，有的还在看我的笑话呢，这些人我都不想和他们见面。苦思良久，终于想到了一个。他是办铝合金材料厂的，企业在大源镇上，规模不大，一年最多也就赚个百十来万，但为人实在。以前我帮过他，他在别家银行碰壁，找到我这里，贷了两百万流动资金，应该算是有恩于他吧。前几年做那款私募产品，我还找过他，幸好他没买，要不今天又断了一条路。

早上八点光景，我打电话给他了。他有些意外，寒暄了几句，问我有什么事。我又实在说不出口，就说："也没什么事情，就是想到你了，给你打个电话。"他愣了愣，说了句什么，要挂电话了，我又赶紧说："要不我现在就过来一趟，到你那里坐坐？"他迟疑着说："好吧。"

我马上出发，大约半小时后，到了他公司。我想，开口就借三十万，实在不行，二十万，甚至十万，也要争取，如果借到十万，我就再去向陈晓勇借五万，反正没有30%、20%或者15%的股份也行。我在他那辆奥迪A6旁边停好车，走向他的办公室。进去后，他客气地请我落座，递烟泡茶。

聊了会儿别的，我终于硬着头皮道明来意，借钱，并说明为什么借钱。

他颔首不语，脸上带着一点笑意，一会儿说："因为疫情，这两年生意很不好，没赚到什么钱，而且财务大权在老婆手里，要她同意很难的，再说账上也真的没多少钱，刚进了一批原材料。"

我听出来了，这趟白来了。

我感到脸上有点发烫，心里骂着自己犯贱。闷坐了一会儿，就站起来了，说："周总，不好意思，打扰了，那我走了。"

他也站起来，说等等，掏出钱包来，拿出一沓钱，说：

"郑经理，谁都有困难的时候，所以我很理解。这两千块钱，你拿去吧，不用还的。"说完就要塞给我。

我说："不要！不要！"表情甚至有些愤怒了。

他就僵在那里，脸色比我的还红。

我大步走出去，心里很后悔，不应该来的，钱没借到，朋友又少了一个。开着车离开，脑子里又慢慢地理智起来，是啊，人家凭什么要借给我？我拿什么保证一定能还？如果互换身份，难道我就肯借给他了？这样想着，我就彻底原谅他了，只哀叹自己的不幸。

车过大桥，快要进城了，突然手机响了，掏出来一看是朱莉，猛然想起她的事情。我忙靠边停下，按下通话键。

我问："你在医院了？"

"回家了。"她说。

"手术做好了？"

"没做。"

"为什么？"

"我不想做了。"

我在想为什么，她又说下去了："我想我年纪这么大了，以后说不定就怀不上了，反正也要离了，就不想打掉了……你也赶紧离了吧，然后我们两个人在一起，我也想和你有个孩子。"

她声音有些轻微，我却听得心潮起伏。以前也许是玩

　　　　　　　　　　　　到南方分手

笑，可现在，情况不同了。

沉默了一下，我说："你没开玩笑？"

"你傻不傻啊，"她说，"到这一步了，我还会有心思开玩笑？到时候肚皮要露馅的呀。"

我又不说话了。一会儿，她说："别是你一直在跟我开玩笑吧，其实不想离的。"

我说："唉，还真没想好。"

"那你好好想想。"

"我现在过来？"

"别，我想休息了。再说，这阵子你还是少来吧，在我们各自离掉之前，还是安定点好。"

我说哦，她挂了电话。

## 8

于是，在失业的痛苦之外，我又增加了感情的烦恼，不，事实上也是痛苦！

虽然孙群英对我不好，但那是我咎由自取，再说她也没有其他方面的过错。我觉得没有理由和她离婚，我已经伤害她了，怎么可以二次伤害？而想到女儿，更是心如刀绞，父母亲离婚会给她的人生造成多大的阴影？

我痛苦着，犹豫着。第二天中午，我在小区门口的面馆吃面，收到朱莉的微信：昨天说的事儿，你在考虑了没有？

我看着，没说话。过了会儿她又发一条：不愿意，我就去打掉了，孩子不能没有父亲。

内心斗争着，我回复：给我一点时间，我开不了口啊。

但是你也要对我负责啊，她说。我开了一条缝，她就挤进来了，这是个聪明的女人。

我又不说话。她说：你老婆还爱你吗？这样的婚姻还有意义吗？想清楚。

我说：那你爱我吗？你也想清楚。

她说：你不就是没了工作吗，有什么不好的？再说，除了你，我还能找谁呢？

我想了想，回复：老实说，我和她已经没有感情了。

她说：那好，我这边就差签个字了，你也行动起来吧。

我说好。心里的天平，终究偏向了她这边。

其实，一旦作出决定，我也知道长痛不如短痛，那么就得找个时机说出口。孙群英白天上班，没机会和她说。晚饭时间，女儿在场，也不适合。晚上，躺在床上，两个人各玩手机不说话，我几次看看她，想要不要去抱她，要求做那个事，她肯定会拒绝，然后我就提出来，没有性的婚姻名存实亡，不如离了！但万一她肯了呢，我总不能穿上裤子就不认人了吧，那怎么开口？

犹豫了两天，我终于想明白了，其实还不是场合的问题，是理由，总不能无缘无故地提出来吧。我得找个理由，和她吵一架，让我发火，然后开口。唉，而这又让我犯难了。以前我们很少吵架，偶有口角也很快平息。我出事之后当然吵过，还不止一两次，因为是我理亏，就闷头忍受。但有一次，我发了火。那天是周末，孙群英在家，我出去了，恰好我妈到城里来，年前买点东西，上我家来了，九十点钟，坐了会儿就走了。晚上我妈打电话给我，我才得知她来了，而且听出来她有些不悦。我就责问孙群英了："你为什么不留我妈吃饭？"她说："我在忙，搞卫生，没时间烧饭。"我说："我知道你就是因为生我的气，故意不理我妈！"两个人大吵了一场，直到女儿哭了才罢休。

隔天就是周六。上午九点左右，我送女儿去培训老师那里。两小时的课，十一点半再去接回。回到家里，发现孙群英在阳台上晾衣服，平时衣服都是我洗的，她烧饭搞卫生。我走进卫生间，正要小解，发现自己的短裤被丢在角落里。我突然就冒火了，拿着它，走到阳台上，冲着孙群英质问："这是谁的？为什么要单独扔开？"

她头不拧，声不出。我继续说："平时都是我在洗的，为什么我一条短裤，你都不给我洗？"

她白了我一眼，说："你又不上班，洗点衣服过分了？"

"不过分！但是今天你洗，为什么就单单把我的短裤落下？"

她说："你没看我洗的是女儿的衣服，混在一起总不好吧！"

"你就是故意的！你这么看不起我，生活在一起还有什么意思？离婚算了！"我把短裤狠狠地往地上一扔。好了，终于说出口了。

她弯下腰，拿起一件衣服往晾衣竿上挂，没说话，也看不到表情。我又说："我是不好，没工作了，还把家里的钱亏光了，我活该！那我也不想连累你了，我们离婚吧！"

她转过身来，看着我，脸色阴冷，大声说："郑玉峰，我都没提，你居然提出来了！告诉你，休想！不是我不想跟你离，而是看在女儿面上！"

我说："但是我受够了，不想和你过了！"

她低着头，不说话。我愤然离开了。

一会儿回来，家里没人了。快到中午，也没见孙群英回来。接近十一点半了，突然想到了女儿，赶紧去培训老师那儿。老师说我迟了一步，刚被她妈妈接走。我就随便吃了点东西，回来睡了一觉，起来后又去小公园逛了一阵。快五点钟了，回到家里，依然没人，我竟有一点恓惶起来了。在家里待不住，又出去，晚上八点多回来，走到楼下看到灯光，竟有一种失而复得般的感觉。开门进去，只见女儿在看动画片，没看到孙群英，主卧关着门，估计是在里面。我问女儿："你们去哪了？"女儿说："和妈妈逛街了，又和张阿姨一起喝茶。"张阿姨是孙群英的同事，快三十岁了，还没结婚，似乎还没男朋友。我又问："你妈呢？"女儿说："在房间里。"我没去推门，进了小书房。我想，今天晚上她会不会不让我进房间？那我睡哪里？要不就在书房打地铺吧。但最后，是她让出了主卧，和女儿一起睡了，我不知道她和女儿怎么说。

周日一大早，孙群英带着女儿去她老家了，离城二十几公里的乡下。她不会开车，坐公交车去的。这一天里，我大概有一半时间待在家里，一半时间在外面东游西逛，百无聊赖。培训班那事儿，暂时不想，我搞不到钱，也不想搞了。这两天我也没和包东平联系，如果他愿意让我合伙，那就过一阵再说，等我和朱莉的关系更进一步，或许可以和她商量。作为精明的生意人，她应该会支持。如果他不愿意合伙，那就拉倒。傍晚七点多，我回到家里，发现娘俩已经在了，女儿似乎也知道些什么了，对我摆起了脸色。我也不在乎了，走进书房，关起门来，直到她们都睡下了，才出来洗漱。

而没想到，周一中午，包东平打电话给我了，说培训班不搞了。我问原因，他说："上午去工商咨询执照事宜，人家告知，已经有一家编程培训机构了，去年九月份就开办了，规模还不小。"他又去了解了一下，据说老板就是个计算机专业毕业的电脑高手，生意还不差。他又咨询表弟，表弟说，有这么个竞争对手，而你又不懂行，不一定好弄。所以认真考虑后，决定不搞了。我说："你这样想也有道理。"心里有些遗憾，却也放下了一桩心事。

<h1 style="text-align:center">9</h1>

周三下午，两点光景，陈晓勇突然打电话给我，问我在哪里。我说："在家啊。"他说："那你马上过来一趟。"我问："什么事？"他说来了再说。前天我和他通过话，告诉他贷款的事黄了。

到了那儿，发现有个人已在那坐着了，五十多岁的中年男人，矮个儿，半秃顶，略胖。

陈晓勇介绍，这位是黄董，华达医疗器材公司的老板，又简单说了下企业的情况。黄董衣着普通，看上去像个实在人，微笑着给我递名片。其实，这家企业我有所了解，但和老板没打过交道。

然后，陈晓勇说："黄董是我们营销到的优质客户，今天过来是来谈银企合作的。刚才他提到，接下来公司要开拓市场，需要招聘营销人员，我马上就想到了你。你的情况，我大致跟黄董说了。那么接下来，你们两个人自己聊聊吧。"

我连说好好，对陈晓勇有些感激。

接着，陈晓勇说要去一下大领导那儿，暂时离开了。我和黄董坐在沙发上聊天。

黄董先说了几句可惜之类表示同情的话，然后说："一会儿我要跑其他地方，明后天又要出差，那我们就长话短聊，你大后天到我公司来，我们再细谈。"

　　我说好。所以一会儿，等陈晓勇回来，黄董先行告退。我又和陈晓勇聊了几句，表示了谢意，大约半小时后，道别。

　　我心里挺高兴的。出了银行，就给朱莉发微信，问她在哪里。没回，又打电话，也不接。我想应该是在家里吧，手机静音睡觉。我们好几天没见面了，有点想她了呢，所以我决定去她家里。

　　进了小区，一路找车位，到了楼门口，才找到一个。停好车下来，刚走两步，突然就发现不对劲儿，心跳猛烈，因为我看到陆建梁从楼道里出来了。他黑着脸，空着手，迈着大步。躲是来不及了，我就站在原地不动。

　　他也愣住了，问："你来干什么？"

　　我想撒谎也没意思，就说："来找朱莉啊。中午她打电话给我，叫我过来一趟，也不知道为什么。刚才有事儿，来不了，现在空了，就过来了。她在不在？"

　　他没答复，表情半信半疑。而我刚才正视了他一眼，发现他一边脸上有一道伤痕，细细的，两三厘米长，隐约有血丝。我马上就有种不好的猜测，说："建梁，你对她怎么了？你都搬出去好几年了，来干什么？"

他睨我一眼，说："笑话！还没离婚，这还是我的家吧！我为什么不能来？"

他驳得我无语。愣了愣，我说："好好的，弄成这样，真是遗憾！"

"你别假惺惺了！你是不是在帮她搞我，查我银行流水？！郑玉峰，你说，是不是你在帮她？"他审视着我。

我有点窘迫，说："你们两个都是我的朋友，我能怎么做？"

他不说话。

我又说："就是离婚也好好离吧，好聚好散！"

他突然骂道："这个婊子，都谈好了还不肯签字！还威胁我！"

我不说话。

他又看着我，脸上带着点怪异的表情，问："你现在干什么？"

我说："不干什么。"

他说："我看你是想吃软饭吧，怪不得这么积极！哈哈哈……"他大笑着走向那辆停在不远处的白色路虎。

我盯着他的背影，大声说："陆建梁，你什么意思？"

他上车，点火，摇下车窗，看着我说："放心，我不会在乎的，你喜欢就接盘好了。她听你的，叫她老老实实签字，否则我会不客气的！哈哈哈……"大笑着离去。

我脸色一定很难看，但容不得多想，我赶紧上楼去。门关着。敲了两下，没反应。我大声叫唤朱莉朱莉，听到她的回应了，然后响起脚步声。一会儿门开了，露出朱莉的脸来，头发蓬乱，脸上有一块淤青，穿着那套白色的真丝睡衣，领口处被扯破了，再往上一点，脖子上有一道红印。我忙说："刚才陆建梁对你怎么了？我走到门口，刚好碰到他了。"

朱莉不出声，走到沙发边，坐下来，脸色阴郁。我在她旁边坐下来。我发现她的手机，就放在茶几上，屏碎了，犹如一张变形的蜘蛛网。场面可以想见。

我又说："朱莉，你没事吧，要不要紧？"

她说没事，声音轻微。

我追问。于是她拢了拢乱发，说给我听了。上午她发短信给陆建梁了，告诉他银行账户的事，质疑买房款的来路，并说没有七百万不会签字。当时陆建梁没回，她也不多说什么。然后刚才，她正在睡觉，突然听到敲门声。她问是谁也没答应，有种不好的预感，可她还是起来开门了。他一下子就冲进来了，掐住她的脖子，一边骂她婊子，一边把她往地上按。两个人就对打起来，可朱莉哪里打得过他，被他推倒在地，手机也被摔碎了。说着说着，她突然哭出声来，呜呜呜。我很难受，就坐过去一点，搂住她的肩，安慰她。她一边哭，一边骂陆建梁："畜生！没良心！"

我心里很不是滋味，就抱着她，轻轻拍打着她的肩膀。我眼睛往下，突然看到沙发上有血迹，如一条蜈蚣，从她的屁股下面爬出来。我连忙出声。她低头一看，也失声大叫了。

接下来的事情，就是手忙脚乱地去医院……

医生检查后，说胎儿流产了。回来的路上，朱莉一路流泪。我也心里很堵，说不出来的难受。

## 10

两天后，我按约去见黄董。为了稳妥，上午八点半左右，我先打了他的电话。他说："我回来了，那你过来吧。"我说好，旋即出门。公司在鹿山工业园区，其实那一块我比较熟悉，至少有两家企业我去过多次，和老板也熟悉。二十分钟后到了那里。进了大门，两边各分布着两栋长方形的车间，最里面是一幢五层办公楼，大片的空地，估计占地二三十亩。我停好车，上了三楼，找到黄董。他正在看资料，抬起头来说："你来了，请坐。"然后拿起电话，又说："我叫销售总监过来，他会跟你细谈。"我坐着，接过女秘书递上的白瓷茶杯。

一会儿销售总监进来了，瘦长个子，瘦脸，戴眼镜，大概三十五六岁。黄董先介绍了一下我，听上去已经和他打过招呼。然后介绍他，姓娄，江西人，在什么大学毕业，原来在哪家制药厂干过，两年前招聘过来的。

黄董介绍完，娄总监微笑着冲我点点头，说："那好，接下来去我那边吧，我跟你再详细聊聊。"

我就跟着娄总监过去了，到了二楼，进了他的办公室。他挺客气，又是泡茶又是递烟，请我在沙发上落座，然后微笑着问："郑先生，银行多好啊，为什么不做了？"

"总是有原因的。"我也微笑着答。其实我想，黄董想必也和他说过些什么吧。

娄总监又说："银行那是朝南坐的，都是客户上门来求，我们可不是，要到处求人，两种感受完全不同。"

我说："其实现在，银行也并不那么高大上了，对好客户，也是要上门营销的。"

娄总监笑笑，然后跟我讲了一些关于企业及产品的情况。公司主要生产几种医疗器材，传统市场是在华东华中地区，因为竞争激烈，近年业务有所萎缩，所以正在考虑拓展新市场。接着，又和我谈了聘用方面的细节，试用期、基本工资、绩效考核等等。末了，他笑着说："和银行是没法比的，你要有思想准备。"我也笑着说："没事的，我能适应。"他就说："好，那你回去等着，过几天就会通知你的，哪天来上班。"我忙说："谢谢！"起身告辞。来到楼道里，我想应该去和黄董打个招呼吧，可是上去一看，他不在了。下来，上车，马上打电话给陈晓勇。他也挺高兴的。

我就回去等电话了，抱着热切期待的心情。说实话，我现在就是需要一份还不错的工作，至于干什么，我并不在乎。相比之下，医药代表还算有吸引力吧。几次求职，给我的体会就是，离开银行已是最大的错（当然我是被迫的）。一则，在外面很难找到这样的薪资待遇，只要是中层以上，还是不错的；二则，人生从头再来，说起来豪迈，但做起来其实并不容易，因为你靠多年实践取得的技能可能完全派不上用场了，有时候会被一些年纪比你小能力不如你的家伙，摇头晃脑地指点甚至数落，想想有多憋屈。

　　这阵子，和孙群英完全处于冷战状态，基本上避免见面。朱莉那儿去得多，反正陆建梁已经那样说了，再说她女儿平时住校，所以有些个晚上我就干脆留下来了。朱莉在养身体，基本上也不去店里了。

　　过了四五天，没有接到娄总监电话，我有点性急起来了。而打电话，不如直接上门。到了公司，我先去找娄总监。他表情有些诧异，说："郑先生，你怎么来了？"

　　我微笑着说："娄总监，那个事儿，怎么了？一直没有电话啊。"

　　他说："我向黄董汇报过了呀，觉得你合适的，可他一直没有回话。"

　　我说："那我上去问问。"

　　他说："别，还是我去吧，再替你说说。"

　　　　　　　　　　　　　　到南方分手

我说："谢谢。"

我就安静地坐着。可是过了起码有十分钟，娄总监还没回来，我不免有些焦躁起来了。然后又接到了朱莉的电话，问我在哪，让我带她去医院复诊。那天过后，她对我的依赖感明显增加了。我说在外面，一会儿就过来。可是又过了十分钟，娄总监还是没回。我想，怎么回事？会不会已经离开黄董那儿了，又去了别的办公室？索性就去找一找吧，如果还在黄董那儿，正好也去打个招呼。于是我就离开了娄总监的办公室，慢慢找过去。走到黄董办公室门口，刚要敲门，听到了娄总监的说话声，我一愣，就没举起手来，站在那儿。我听到娄总监在说我，银行出来的，跟医药完全是两个行业，思路不一定适合。接着又听到他说，其实也不必急于开发新市场，更应该在老市场深挖潜力，把现有的销售力量整合一下。然后几秒钟的冷场后，我听到黄董开口道，那么这个事情就先缓一缓吧，你去跟他说好了。

我听到这里，就迅速闪开了，小跑着回到娄总监的办公室。

一会儿，他回来了，面带微笑说："郑先生，真是不好意思，让你久等了。唉，刚才我去了黄董那里，问起你的事情，可是黄董说这事儿先缓一缓，暂时不考虑了……不过下次，我们有需要的时候，我会第一时间联系你的，以你这个资历和能力，完全可以胜任……实在不好意思。那你看看，要不要上去和黄董打个招呼？"

我站起来，说："不必了。那行，就这样吧。"我知道了，很不幸，碰到了一个阴险的家伙。

下来后，我又跟陈晓勇联系，简单说了几句，告诉他大致过程。他也很讶异，说："啊，这样的？真是有点遗憾！"

一会儿我发动了车子，直奔朱莉家。我想，这人啊，倒起霉来，真是喝水都塞牙。我真倒霉死了，只好继续做一条浮头鱼。

## 11

转眼就到了五一小长假。三号那天，我开车带着朱莉和她女儿小雨，去了杭州野生动物世界。顺便说一句，也就是没几天后，这里曝出了一个豹子走失的新闻，闹得沸沸扬扬，举国皆知。

也没有事先计划，就是前一天晚上，朱莉临时起意。她觉得小长假不带女儿出去玩，有点愧疚，而自己身体又刚刚恢复，跑远了太累，就选择了近边的景点。她让我陪着去，我能怎么说呢，所以早上八点多，我就开车过来了。母女俩已经在做准备工作。九点左右，我们出发了。朱莉让我开她的车，但我觉得，还是自己的车顺手。

小雨大名陆雨樱，十一岁，读三年级，中等个儿，有点

到南方分手

胖乎乎的。我和她当然很熟悉，从小就叫我叔叔的嘛。上了车，她一直不太说话，有点闷闷不乐的样子。倒是她妈妈，故意制造快乐的气氛。我甚至有点怀疑，会不会是朱莉故意安排让我和她多接触，有那么一点培养感情的意味。

大约半小时后，我们到达了目的地。停好车，我去买票，两大一小，五百八十块。出发之前，朱莉避开小雨塞给我一千块钱，虽然有些难为情，我还是接受了。公园刚开门，因为是假日，人山人海，潮水般地涌进去，又如打仗般地去抢占游览车座位。排了好长时间的队，我们终于坐上了小火车，如同好多游客一样，看上去我们就是幸福的一家子。小火车一路开过去，走走停停，但游客不许下来，只能远观动物，听导游讲解。就这样，我们看了狼、熊、老虎、狮子等等，告别了车行区，来到步行区。在免费的游乐场玩了几个项目，就去竹林餐厅吃饭。吃好饭，看了一场大象表演，开始步行区的游览。后来，我们到了猴山，朱莉说要去趟厕所，那就要回到前面的中华国宝区，我和小雨就在路边坐下来等她。

小雨表情怏怏，还是有点不太理我。我看着她，笑微微地问："小雨，今天玩得开心吗？"我是故意搭话。

她瞥了我一眼，冷冷的，没说话，顾自玩手机。是她自己的手机，平时放家里，假日允许用。

我感到有些无趣，也收起笑容，不说话了。

没想到，小雨突然盯着我问："你们会结婚吗？"

我脸唰地发烫了，说："谁说的！"

她说："我又不傻！"

我说："如果有这种可能，你乐不乐意？"

她说："不乐意！"眼神里带着一丝敌意。

我无法承受这种目光，就把头扭向另一边，说："你慢慢会喜欢我的。"

她又说："你想和我妈结婚，就是为了她的钱吧！"

我一愣，又把头转过来，说："谁和你说的？你老爸？"

"我自己猜的！"她说。

"不是的！"我说。

"不是的才怪呢！她那么胖，你怎么会看上她呢？"小雨说，脸上满是不信任的表情。

我笑笑说："你妈人很好的。再说胖点没关系啊，我喜欢胖女人。"

"骗子！"她说。表情几乎是鄙夷了。

我感到非常无趣，就站起来走到一边去了。我脸朝猴山，呆然而立。一群猴子在假山上玩耍，追逐嬉闹。就是那种动物园里常见的猴子，灰毛，大眼睛，屁股红红的，就像六小龄童扮演的孙悟空。达尔文说，人是由猴子进化而来，这种观点我是不太相信的，也有很多专家质疑。但这种动物，外表上看起来跟人还真的很像，尤其是面部表情，太丰富了，一看就是有灵性的东西。我看着猴子，而有一只猴子也正看着我。突然，它对我笑了一下，龇着牙，扮着鬼脸，怎么看都有点嘲讽的味道。我突然地就被激怒了，挥了一下拳头，也瞪视着它。它和我对峙了几秒钟，终于别转了脑袋跑开了。被猴子嘲笑，我真的感到很无趣！然而，又觉得，难道我不该被嘲笑？我突然就想到了自己的女儿。这几天，母女俩都在乡下外婆家。我最终还是食言了，没带女儿出去玩，而是带着这个讨厌的别人家的孩子出来玩，我这是干吗呢？这样想着，我心里堵得难受。看看没人注意，我突然举起手来，扇了自己两个耳刮子，虽然有点痛，可心里好受一些了。

一会儿朱莉回来了，大概看出来了我脸色阴郁，问我怎么了，我说没什么。

下午三点左右，我们回去了。第二天，我们在一起时，我说了昨天小雨说过的话。朱莉哈哈大笑，说："没关系的，小孩子嘛，只要你对她好，她就会喜欢你……再说，她那个亲生的爸，给过她什么？"

我不说话。

她叹了口气，又说："小雨有点大了，有些方面也不能太勉强了。不过，我们还能再生一个啊。真的，我想和你有一个我们自己的孩子。"她呢喃着，将头靠在我的胸口。

我说："我也想。"

"我们还会有的……"

我抚摸着她的背，不说话。这个女人爱我，我知道，正如我对她的爱，与日俱增。

过了会儿，朱莉说："哎，你离婚的事办得怎么样了？万一她不肯，那怎么办？"

我说："大不了我净身出户，她总会肯的。倒是你呢？"其实呢，我心里不是很乐观。

她说："陆建梁是在催我，但我不想理他。我心理不平衡！再说，反正小孩没了，也不急了。"前几天，她委托的律师又跟陆建梁谈过了，陆建梁答应多付一百万。陆建梁不知道她流产了，若是知道，他又会怎样表现？

我说："可这样有意思吗？差不多就算了。再说，我们两个，总得有人先走一步吧。"

朱莉不说话，一会儿抬起头来，看着我说："好，那我就先恶心他一阵，过几天就去办了吧。"

我不说话，把她抱紧。

## 12

那天晚上，好像是 5 月 8 日吧，我本来会住在朱莉家的，最近除了周末和假期，晚上我都住这儿了。说实话，有时候自己都有点不好意思，想要回去，可她不让我走。有几次碰到对门邻居，感觉对方目光有些异样，但后来我也无所谓了，人不就是为自己而活？管那么多干吗呢。但那个晚上，发生了一点意外。快八点钟时，我突然接到了孙群英的电话，一按下接听键，就听她问："你在哪里？"

我稍愣，说："在外面。什么事？"莫名有点紧张，因为平时她压根就不问我的行踪了，也不管我晚上睡哪张床了。

"我爸摔了一跤，可能骨头断了！脚上都是血！"她急呼呼地说。

"你怎么知道的？"

"刚才我妈打电话给我了。她急哭了，叫我赶紧过去，可是我又不会开车……"她也带着哭腔了。

我猜想着她六神无主的样子，讷讷说："那……那我过来吧。"

她说好好，旋即按掉了电话。

朱莉就在旁边，都听到了，看了我一眼说："应该的，那你赶紧过去吧。"

十多分钟后，进了我家小区，我没上去，打孙群英电话，很快她和女儿下来了。她说让女儿一个人在家不放心，还是带上吧。我想想也是。

她老家不算远，开车也就半个多小时。她父母亲都七十多了，农民，前半生种地，后来打过工，种过蔬菜，日子倒也是累而不苦。现在家里的几亩地，都包给了别人种大棚草莓，二老就基本上养老了。他爸有胃病，其他方面还好，有农保，负担不重。孙群英不是独女，还有个弟弟，比她小八岁，读了个三本大学，工作一直不怎么顺当，高不成低不就的，两年前结了婚，还没小孩，现在两夫妻都在他老婆亲戚的一家企业里上班。企业去年在山东那边搞了个合作项目，就把他们两个都派过去了，估计还要一两年才能回来。原来，老头老太对我还好，可我出事后，情况就不一样了。说实话，没事我也不想去，所以今年除了春节，我就没去过。

一路上，她妈妈又打来两次电话。到了那儿，只见老头子躺在了门口的靠背椅子上，一只裤脚挽着，膝盖受了伤，血已半凝。老头子闭着眼睛，小声哼哼着。老太太站在旁边，眼泪汪汪，告诉我们经过：老头子看了会儿电视，准备洗脚睡觉了，端着盆子去后门倒洗脚水，不料脚下一滑，摔倒了。

我二话不说，把老头子背上车，直奔骨伤科医院。二十多分钟后便到了。送急诊，拍片。快九点钟，出来结果，髌骨（俗称半月板）轻度骨折，没什么大碍，大家这才放下心来。又连忙办理好住院手续，我留下来陪夜，让她们仨回去。已经快十点钟了，女儿明天还得上学呢。

第二天下午，她弟弟赶回来了。她弟弟在医院盯了两晚，走了。其他都是我在陪夜，而白天主要是她妈管。我不

到南方分手

知道她爸妈是否知道我们在闹离婚，也许她还没说吧。第九天，出院了。

那天送老头子回家，孙群英请了半天假。两点多办好出院手续，三点就到家了。孙群英又千叮万嘱，这才离开。回来的路上，孙群英突然叫了我一声郑玉峰。我一愣，头没动，问："什么事？"

"你如果还想离，我现在同意了。"她声音平淡地说。

我不说话。

她继续说："其实你人是好的，只是运气不好，也许离婚了，运气就会变好，这种事谁知道呢……反正你还想离的话，我给你自由。"我从后视镜上看到，她笑了一下。

我依然不说话。我猜，她想必已经知道我和朱莉搞在一起了，所以话里面有那种意思。

过了一会儿，我说："那你说，哪天去办？"想要的结果快要实现了，可我心里似乎没有多少喜悦。

她又笑着说："这么急啊，好，那就明天吧，今天太累，我不想去了。明天下午，我会打电话给你的。"

我说好，然后欠身拉开储物箱，取出来两张白色的 A4 纸，往后递给她，说："这个你看看。"

这是离婚协议，其实我早已在微信上发给她了，但纸质的才算正式。房子给她，车子归我，那十万块债务也算我，但是要给我两年时间。女儿的抚养费，我出一万一年，但也得先欠着，一年到了一次性给付，当然也可能提前。

回到了朱莉那儿，我和她说了。她甚是喜悦，说，"那你先离吧，反正两个箍，总得一个一个脱。"

本来，她或许已经把箍脱了，但前几天发生了一点小意外，又让她使起了性子。有个小姐妹，在妇保医院看到陆建梁了，陪着那个小妖精做妇产科检查。于是她就猜测，一定是小妖精怀孕了。她说，怪不得陆建梁那么性急要离婚。好，你叫我流产，我就叫你和妍头生个私生子！

其实，这事儿我已经知道。前几天在医院陪夜时，我接到陆建梁的电话，他和我开诚布公地谈了一会儿，让我做做朱莉的工作，当然怀孕之事先要保密。可没想到，还是被她知晓了。我好一阵劝慰，她才答应，先消消气，再去签字。

## 13

第二天，早上八点多我就回自己家去了，怎么说呢，这是还可以称之为我的家的最后一天了，心里竟也有些不舍起来。家，一个既抽象又具体的概念，对我来说，就是这么一套房子，一个女人和一个孩子。对此我曾经愿意为之奉献一个男人的责任，我在这里得到过平凡的温暖和快乐，然而这里也曾经让我窒息难忍。这一切都将过去了，因为这个家就要破了……但不破不立，再说开弓没有回头箭。

因为要彻底搬离了，上午我就在整理东西，主要是衣物，还有几本书和不怎么值钱的收藏品。全打包搬到车上，快要塞满后备箱了。中午，我烧了一碗方便面，就此和熟悉的锅碗瓢盆们告别，然后，在那张床上睡了最后一个午觉，其实，也没睡着。两点光景，我接到孙群英的电话，告诉我她出来了，二十分钟后到银泰门口接她，然后去办手续。

我抽了一支烟，消磨掉十分钟，出门了。出来后发现，中午还是太阳高照的晴空，此时已是阴云密布，小雨淅沥，偶尔还轰隆隆滚过一阵雷声。难道是老天爷不希望我离婚？当然，这是无稽之谈，夏天了嘛，就是这么容易变天。我想，孙群英应该是出门去办事儿吧，抽空就把婚给离了，连假都不用请。

雨渐渐大起来，一会儿工夫，我就调了两次雨刮器。到了银泰附近，竟然已呈瓢泼之势，我也把雨刮器调到了最大挡。过了红绿灯，我靠边停下，打孙群英的电话。她说看到我了，马上过来。一会儿，我也看到她了，双手撑着一把断了一根伞骨的花折伞，在大雨中走过来了，低着头，缩着身，身形单薄。突然，我的心痛了一下。然后，只见她走到车子旁边，一手撑伞，一手用力拉门，可收伞的时候还是被雨淋了个半湿。于是坐进车里的她，一副狼狈相，头发蓬乱，愁眉苦脸，难看极了。我的心又痛了一下。她太丑了，我竟从未留意到过，不知不觉中，这个曾经样子不错的女人，变得这么丑了。但是，就是这丑，让我的心隐隐作痛。她口气平淡地说："走吧，快点办完事情，我还要回单位呢。"我说哦，隐忍着心里的难受。

我慢慢地开车。心里的痛没有减缓，还在加剧，如同被一样重物一下一下地打击着。我想，这个女人，这么难看了，以后还嫁给谁去呢？除了我，还有谁会珍惜她呢？我回想起了和她初次相识的那一幕，那是去一个朋友家玩，她和朋友的老婆是同事，也刚好在他家玩。她是一个长相清秀的小姑娘（当然那时候我也还是一个帅气的小伙子），说话比较小声，还动不动脸红。我又回想起了初登她家门那一次，在小树林里她搂着我满脸绯红气喘吁吁的样子。我还回想起了女儿出生的那一天，在妇保医院的病房里，女儿躺在她怀里，她拉着我的手，虽然脸色有点苍白，嘴角却漾着幸福的笑容……此刻，这一幕幕在我的脑海里闪回，我不禁感慨，不知不觉中，这个女人怎么就被岁月摧残成了这个样子？我又一阵心痛，突然开口说："我不离了。送你回单位吧。"

我脑子里又弹出了朱莉的脸。我想，这两个女人，我总是要负一个的，但朱莉，毕竟是个女强人，还有足够的经济实力……

孙群英没说话，过了会儿说："你考虑清楚，万一过了今天，我真的就不想离了呢。"

我不说话，但心里想清楚了，不离了。我扪心自问，我还算是个男人吗？如果还承认是，那就多一些担当，毕竟我们又没有感情破裂，那也算是"相濡以沫"吧。我年纪也不算大，能力也不算差，再坚持一下，说不定人生就柳暗花明了呢？我想到了一句话，忘了在哪本书上读过，好像是这样的意思：人生不该轻易放弃，哪怕成了微暗的火，如果有机会，依然可能重燃起熊熊的烈焰。我又想到了哪个外国作家或者哲学家说过的话：生活就是苦熬，那就熬着吧。

雨小些了。我把雨刮器调小一挡。突然，我想到车上有张经典老歌 CD，就放在储物箱里，就欠身打开，取出那张 CD 来，塞进唱机。音乐响起，我先跳过几首，直到出现那个旋律，才正常播放："在雨中，我送过你／在夜里，我吻过你／在春天，我拥有你／在冬季，我离开你……"

刚好一曲终了，我听到手机响了，一看是陈晓勇。我忙靠边停车，关掉音乐，接听。他说："黄董刚才打我电话了，叫你去上班呢。有人找过你了，可你电话不接，你马上回一个吧。"

我简直不太相信，立刻说好。上次他说再给我问问，我并没当真。他倒是比我乐观多了，那天还对我说，不要太灰心，总会好起来的，就像这场疫情。

我一看，果然有一个未接电话，就在几分钟前，一个固话。我马上回拨，果然接听的就是娄总监。才说两句，他便开门见山："如果派你去开拓西南市场，你去不去？"

我说："去！"

他说："那好，那你明天就来上班。"

我说："好！"

挂了电话我重重地嘘了一口气。回过头来，看孙群英，发现她已泪流满面。

熬过夏天

# 1

那天下午，五十来岁的男同事老郑讲了个笑话："上午我去看鼻子，医生说我得鼻窦炎了。我想来想去，是不是什么东西闻得多闻坏了？"

他对面三十出头、容貌姣好、打扮一向不落俗套的少妇小蒋问："什么东西？"

"还不是你身上的香气，十来米外就刺鼻了，我这样天天和你对坐，还不熏坏了？"

小蒋咯咯笑："去死吧你！好，那我以后就不洒香水了，免得你怨我！"

"别别，"老郑说，"还是求求你洒点吧，你不洒香水，一屋子都是臊气！"

大家哄地一下都笑了。笑后又继续工作，谁也没当真，权当是办公室里的开心一刻，为下午的工作提振精神。

我也笑出声来了，一边在电脑上做资料。这时候林姐走过来说："马克，张行长叫我们上去一趟。"

我们办公室的格局是一个大的开间，中间留走道，两边各摆放了几张写字台，作为我们客户经理的办公桌。尽头靠墙角用花色玻璃隔出了一个小单间，里面是我们部门的头儿林姐的专座，连头带兵总共十个人。我所坐的位置斜对着玻璃单间的门。林姐走过来，我眼角的余光有所感知，待抬起头来，看到的是一张严峻的脸，好像刚才老郑的笑话丝毫没有感染到她。

我问："什么事？"

"上去再说。"

"我快弄好了，等会儿行吗？"

"别做了，张行长在等着我们呢。"林姐一脸严肃。

这样我就放下手头的活儿，站起来，跟着林姐走出去。小蒋坐我斜对面，抬头看了我一眼，其他同事顾自干活。有几个座位空着，那是人跑出去了。

到了外面走廊，我又问："林姐，张行长找我会有什么事？"

"不清楚，好像是荣达电器贷款的事。"林姐轻声说。但是她严肃的表情，让我感觉到她应该知情，至少是部分知情。林姐四十岁出头一点，圆脸，短发，戴一副无框眼镜，穿着颇为洋气，举止十分干练，但对我们这些手下比较和气。照规定我该叫她"林总"，可是她一开始就说："别了，什么总！还是叫姐吧。"于是在私下场合，我们几位年纪轻点的同事就都叫她林姐了。其实这和她的本名"林洁"还谐音呢。荣达电器是我名下的信贷客户，在我们行有一千万元的贷款。

行长办公室位于四楼，需要往上两层。我们坐电梯，一会儿就到了四楼，进了张行长的办公室。张行长是副行长，分管公司条线业务的，三十七八岁，瘦高个子，瘦长脸，文质彬彬，从省分行下派到支行才半年时间，不过已经把这边的客户摸得比较熟悉了。张行长平时经常面带着微笑，但此刻表情十分严肃。

他示意我们在他对面坐下，然后两手交叉着，看着我说："小马，最近有没有听到一些关于荣达电器的消息？"

我说："没有，没有。张行长，有什么事？"内心莫名有些紧张。

"我中午听到传闻，说荣达公司快不行了，合作银行已经向法院申请查封它了，可能就是这两天的事。"张行长目光炯炯地看着我。他是个很讲究仪表的人，胡髭刮得非常干净，下巴有点青森森的，如同是一截去皮的萝卜上撒落了一些芝麻。头发也是梳得一丝不苟，似乎闻得到一股淡淡的啫喱水的香味。

"什么？不可能吧！"我坐直了身子说，"上个月我还去贷后检查过，没发现什么问题啊，生产、销售一切都很正常！"

银行对贷款有一整套风险评估、防范体系，包括严格的准入审批以及制度化的贷后检查，这些我做得也还算到位，所以实难相信。但张行长这么说，也不会是空穴来风。突然间我感到背脊有点发冷了。在银行工作多年，企业破产的事

　　　　　　　　　　　　————————到南方分手

不乏听到，尤其是2008年金融危机之后，我们行也碰到过多起贷款企业破产的事，但怎么也没想到，这种事有一天会落到自己的头上！

张行长又说："好像不是它自身的原因，而是给人家担保出了问题。龙盛纸业的老总是荣达电器夏总的小舅子，夏总为他担保了两千万贷款。龙盛公司前几天事发了，牵涉到诈骗集资、抽逃注册资本、逃税漏税以及骗贷等事项，老总夫妇已经跑路，银行为了自身资产的安全，就要去查封担保单位了。"龙盛在我们行没有贷款，但跟荣达的这一层关系我是知道的，也曾耳闻龙盛的老总专门飞赴澳门去赌博的传言，所以这样一想，我相信张行长所言非虚。而荣达的这笔贷款，担保单位就是龙盛。如此一来，这笔贷款麻烦可就大了！我感觉到背后的冷在一点点加剧，尽管这是在六月的中旬，初夏天。

林姐说："张行长，我们上个月刚刚做过贷后检查，完全按照要求做的，那个时候没发现什么问题呀。"林姐是在帮我说话，我感谢她！当然我是她的直接部下，我出了事情，她也有责任。这么大一笔贷款出了问题，就是张行长以及老大吕行长也会受牵连的，当然责任最大的还是直接经办人我！

"荣达这笔贷款的担保方式是什么？抵押还是担保？"张行长问。他毕竟来的时间短，不可能所有的事情都搞得很清楚，其实这笔贷款已经转过两期，一直都是纯担保的。

我说："张行长，没有抵押物，就是龙盛担保的。"

"是这样？"张行长脸色骤变，意识到了事情的严重性。

接下来，林姐轻声说了几句，交代了一番这笔贷款的来龙去脉。当然，她也只是说了一下表面过程，背地里的有些情况没有提及。其实，这笔贷款根本不是我主动营销的，也不是我们部门联系来的，当时就是吕行长把我叫上去，指定我做的。至于担保单位，几次否决又几经商榷，最后也是吕行长拍板同意的。这些林姐都知道，当然林姐不会说。她说话时，我先低下头，后来脸色木木地抬起头来。行长办公室面积颇大，几乎有我们那个大开间的一半，而且是一线江景房。天气不是很热，没开中央空调，大块的窗玻璃拉开了一半，外面是灰白色的一片江面、远处的几支烟囱和有些灰蓝色的天空。张行长的办公桌上摆了一盆高雅芬芳的蝴蝶兰，好像是刚换不久的。他身后的窗台上也摆放着几盆花卉，或妖娆艳丽，或清雅素洁，但这一切我根本无心欣赏。

林姐说完，张行长道："林总，你马上自己去一趟，了解一下企业的状况，回来后向我汇报，然后我也要向吕行长汇报。"

林姐说好的，站起身来。我也跟着站起来，抬手摸了一下额头，已经有些汗涔涔了。

我所在的银行坐落在江边，美丽的富春江边。江滨东大道这一带俨然已经成为富阳这个县级市的金融一条街。短短

　　　　　　　　　　————————————到南方分手

两百米内，除了我们建设银行的总部，还有浦发、兴业两家商业银行的总部，农村合作银行一家营业网点，以及两家小额贷款公司。当然，我们建行规模最大，办公场地也最为豪华，占据了一幢二十二层大楼的三层，自己拥有产权，楼下是上千平方米的富丽堂皇的营业大厅，以及个贷中心、贵宾理财室，二楼有个人金融部和公司业务部，三楼归开发商所有，四楼是行长室、办公、计财等部门。

我们公司业务部设一名老总，一名副总，其他都叫客户经理，每人分管一些企业客户。现在银行客户经理成堆，有负责企业存款、贷款为主的公司客户经理，有负责个人存款、贷款为主的个人客户经理，像我们银行客户经理有几十个。而在富阳这个常住人口全市七十余万、县城二十万不到的小城市里，银行已经有近二十家了，竞争非常激烈。好在我们是国有大行，资本实力、社会信誉以及客户基础都较好，多少还算有些优势。

大学毕业我就进了建行，做了两年一线柜员后，成为公司客户经理，在这个岗位上快四年了，今年三十岁。这个年纪，在我们行里担任网点负责人的也有一两位了，但比起大部分我高中、大学的同学，应该说我混得也不是很差。银行在社会地位方面比不上机关单位，但比多数企业还是要好一点。我父母亲都是地道的农民，没什么背景，能进银行，父母对我已经很满意了，我自己也还满意。怎么说呢，我工作不错；在城里买了房子，父母亲倾其所有付了首期；去年还买了车子，一辆银灰色 1.6 排量自动挡的科鲁兹，有时候还挺自得其乐的呢。父母亲唯一念叨的就是我的婚姻问题，希望早日抱上孙子。

在公司部门里我算是比较年轻的，比我年龄小的还有两位。老实说，我不是很有野心的人，对于所谓的职业生涯也不是很有规划，只是想做好现在，做好自己，过好眼前的生活。这话有一次我在部门会议上说过，也是内心的真实想法。相比其他银行员工，客户经理比较自由，平均收入也高于柜面人员，但是压力也是很大的，尤其是存款上不去，或者贷款出了风险的时候。截至刚刚过去的五月末，我名下客户九个，存款余额八千多万，完成了任务；贷款余额将近两个亿，五级分类全部正常。虽然辛苦，但一切还算顺心。然而天有不测风云，倒霉的事儿终于让我碰上了。

## 2

我们到办公室稍作准备就出发了。我开了车去。夏总的电话就不打了。

荣达公司位于东江镇，离城区十五公里左右。新修的道路十分漂亮，双向六车道，三条隔离带，两边还种满了树。沿途有不少别墅楼盘，还有一个风景如画的村子——黄公望村，得名于元代大画家黄公望，在村子尽头的山坞里建有黄公望公园。车速限制在 90 迈，一会儿工夫我们就到了。公司距镇政府几百米，占地一百二十余亩，是一栋外观气派的三层办公楼，以及几排面积超大的标准厂房。这是公司迁址后的新貌，原来的公司靠近镇中心，因为有碍城镇规划，前年被迁址到新设的工业区来了。荣达公司主要生产汽车零部件，部分产品出口欧美，是镇里的骨干企业。公司原来面积只有二三十亩，现在扩大到差不多两倍。大门口的招牌非常漂亮，一排鎏金的大字——浙江荣达电器有限公司——刻在白色的大理石上。厂区内也非常漂亮，有喷泉、假山，楼两边有大块的绿地，靠墙边修了整齐的停车棚。我们和门卫打过招呼，他启动伸缩门，我们将车子开进去，到了办公楼前面停下。我看到夏总那辆沃尔沃停在靠边的那个车棚里，便想他人也应该在的。楼前空地上寂静无人，旁边的车间里传出来隆隆的声音，一切看上去甚是正常。下了车，我们没先进办公楼，而是往车间那边走去。到了门口站住了，往里面探望，只见机器都在正常运转，工人们在机器边操作，也没发现异常。林姐说："走，我们上楼去。"我跟着往回走，心里有一点疑惑，又有一点希冀，但愿是一场虚惊！

夏总办公室在三楼。我们上去后，只见办公室关着门。我敲了几下，没反应，又敲几下，里面说："等一等。"是夏总的声音。稍后门开了，我们走进去，开门的是公司的一位副总，姓赵，主管销售的，我认识，但不熟。刚才他们似乎是在商讨什么。见我们进来，夏总脸上露出一种表情，似笑非笑，有点苦恼与无奈。他挥挥手，示意赵总出去，然后招呼我们坐下。

他出来给我们泡茶，然后回到座位上，说："林经理，小马，你们肯定是听到了什么风声，所以跑过来打探的吧？"夏总叫夏德明，差不多有五十四五岁，圆圆的脸，头发有点稀疏，露出头顶上的一块高地，额头、鼻尖上有点汗湿，尽管办公室里开着一台立式的大空调。办公室很大，起码有五十平方米，铺着暗红色的木地板，大班台也颇为气派，上面放着一对貔貅，以及一只玉雕的扬帆起航的船。夏总背后的白墙上，挂着一个尺寸很大的画框，里面裱着一幅不知是哪位书法家写的遒劲的草书。

林姐说："既然夏总不避讳，那么我们就直言吧。是啊，我们听到了传言，所以过来看看，情况到底怎么样了。"

夏总说："情况确实不太好，被我小舅子拖下水了。"

夏总简单说了说龙盛公司的情况，经营不善，资不抵债，只能倒闭了，老总不知去向，法院已经查封。他连连叹气，说这个小舅子太不争气，自己以前就有点担心，不想跟他太有来往，可是碍于老婆又不能不挑担子，现在终于祸水引身了。

林姐感叹："龙盛纸业说倒就倒了，谁也没有想到。龙盛规模不算小，产品也有市场，弄到今天这个地步，还是因为老板的素质太低。"然后，她表示了几句对夏总的同情，又说："听说你在合作银行的贷款已经到期了，他们不打算再给你转，还因为龙盛公司的担保债务，要向法院申请查封你，有没有这回事？"

"没有的，没有的，根本没有的事！"夏总大声说，"正在办手续，他们行长答应的，过几天就能贷出来的！"

林姐顿了顿，又问："就算同意贷给你，你拿什么担保呢？"

夏总的情况我们都清楚，土地、厂房还有设备都抵押给本地的中行和省城杭州的一家商业银行了，现在这种形势，谁肯给他担保呢？

"是啊，担保有点麻烦，原先也是龙盛嘛。不过我正在联系，应该没问题的。"夏总点了根烟，抽一口说。他也递给我，我表示不抽。

我说："夏总，那我们这笔贷款怎么办？原来的担保已经无效了，需要重新落实。"夏总的贷款是年前十一月份转的，差不多还有半年才到期。

夏总又低头抽烟，沉默了一会儿，抬起头来说："实事求是说，林经理，小马，这个真有点难！不过，我用人格保证，这笔贷款到期我一定会还的，还需要你们帮忙再转出来呢。"

林姐马上说："夏总不是这样的，我们有我们的制度，银行是有严格的风险管理制度的。我们相信你夏总的人格，但是制度还是要遵守的。再说现在这个社会，人格又能起到多少保证呢？"林姐面带微笑，口气却很冷峻，我真的是很佩服这位上司。当然林姐到公司业务部时间也不长，跟夏总没多少交情，讲话可以公事公办。

"你们不相信我，那你们打算怎么办？"夏总说。

"我们过来，就是为了跟夏总打个招呼，我们可能也会采取相应的措施，重新落实担保是最基本的要求。"林姐不紧不慢地说。

夏总急了起来，大声说："你们这样就不好了，对我是火上浇油了！我现在生产、销售都很正常，再说，就是说到底，即使倒闭了，我也不是资不抵债！欠你们的钱还是能还的！"

冷场了半分钟，林姐一笑道："那好吧，今天先谈到这里，我们可不希望夏总你倒闭！我们先回去，将情况向领导汇报一下。"

夏总苦笑，说："跟你们行长说，不要相信外面的谣言，好像一有风就一定会下雨的！当然还要你们帮我美言几句。"

夏总送我们到楼梯口。我们上了车，正要启动，只见又一辆黑色的小车子开进来了，到了我们旁边停下，两男一女走下来。林姐看了看，说："是中国银行的，那个女的我认识。无风不起浪，我们还是要采取一些措施的。"

　　　　　　　到南方分手

# 3

　　我在单位食堂吃的晚饭。食堂很小，中午吃的人比较多，晚上寥寥几个，伙食也是差强人意，但是方便了像我这样父母亲不在身边的单身汉，胡乱对付一下就行了。晚饭后回到办公室，玩了一会儿电脑游戏，发了一阵子呆。荣达的事情弄得我很烦恼，有点措手不及，而且还不知道会发展到哪个地步。六点半光景，我给施小青打电话。她在家里，也吃过饭了，约好了二十分钟后到她家楼下接她。

　　施小青算是我女朋友，至少目前还算是，虽然我对这一份感情已经不太有信心了。她比我小五岁，在技术监督局工作，事业编制，从小就是城里人。父母亲是普通的工薪阶层。说到我们的相识，还算是有点新潮的呢，跟现在电视上泛滥的相亲节目剧情有点相似。

　　我们富阳这座小城市，不光经济发达，景色宜人，社会风气方面也不一定落后于大城市多少，许多年前就有了婚介所以及各种相亲活动等。去年春天我也是因为好玩，和一个高中同学去参加了一次相亲活动，交了一点钱，参加野外郊游，一大帮青年男女，一块儿爬山、烧烤、相互认识。就这样我认识了施小青。她个子中等，皮肤白白的，容貌并不出众，但有一点灵气，有一种让人想去怜爱的味道。我被她吸引了，她对我也有好感。因为目的明确，我们很快确定了恋爱关系。一开始，我们还是很甜蜜的。去年秋天我将她带到我老家见了父母，我父母很满意，合不拢嘴地笑。她在我家屋前的山坡上乱逛，看看遍地飞跑的鸡，看看火红的果子累累挂满的柿子树，高兴得像个小孩。两个人的感情稳定地发展着。春节我到她家拜年了，她父母亲有一点矜持，但显然还是接受我了。本来嘛，我体健貌端，工作不错，也是很拿得出手的。我认真考虑起婚姻大事来了。

然而过了年不久，我就感觉到事情有些不对味了。她总是无端地挑剔，发脾气，有时候约她也不出来。我很纳闷、苦恼，后来就挑明了和她谈话。她倒是不隐瞒，我这才知道，我们感情出现裂隙居然是因为房子！我上班一年后，父母亲就替我买了房子，面积小点，只有九十几个平方米，地段也有点偏，在小城西面的边缘。我也有些遗憾，但平心而论，还是比较感激他们的，父母亲省吃俭用攒下了十几万块钱替我交了首付，然后我自己每个月按揭，比较轻松。施小青却不满意，一心想住面积更大、地段更好的房子。但问题是房价蹿得那么高了，买一套大房子谈何容易！我的那套房子当时价格四千多，现在挂牌快九千了，而她看中的那个楼盘，均价已经一万二出头了。她明确说要结婚就得有大房子，而买房子的首付钱当然由我这边出。即便是把现有的房子卖掉，因为面积、差价等原因，资金的压力也是很大的，何况以后的按揭！我父母亲已经出不了多少力了，毕竟还需要留下些养老的钱，我很难再开口。我感到很烦很累。

施小青家位于老城区，市心路边的一套面积很小的老房子。家里除了父母亲，还有七十多岁的老外婆，相信是窄小的房子住怕了吧。其实她的心情我也能理解，但付诸行动还得要有能力。

上了车，我问："去哪儿转转？"昨天我也约她了，她说在跟一个女同学玩，没出来。

"不知道，你说呢？"施小青淡然地说。她施了淡妆，披肩的头发略微有点波浪，闪着淡金红色，身穿一袭白色的丝质裙子，这模样显得有点儿小妩媚。其实她身材有些偏瘦，但懂得打扮，总是能够用适当的穿着来弥补。

我说："那就到东吴公园转转吧。"刚开始谈恋爱时，我们也跟别的恋人一样，总是去酒吧、咖啡厅、电影院这种地方约会，后来关系确定了，也就不大去了。有时候我提议去喝茶或者喝咖啡，她说没意思的，干吗花这冤枉钱呢。我想本质上，她是个比较实际的女孩子，如果结了婚，应该会是个勤俭持家的好妻子吧。

车子在喧闹的大街上慢慢行驶，过桂花路，到富春路，又上了江滨西大道，一会儿就抵达了东吴公园。公园位于城市的西面，靠山临江。那座不高的小山叫鹿山，山上树木繁茂，原本是一派野态，前些年政府大投入，在山上修了路，建了阁，在山脚下挖了几个池塘，平整了一大片绿地，建了一些亭台楼阁，又种上一些花草树木，很大的一个公园就成了。之所以取名"东吴公园"，是因为富阳乃历史上赫赫有名的三国孙权家族的发源地，而孙氏家族创立了独霸一方的东吴政权。直到今天，还有上万孙氏后裔在一个叫龙门的小镇上居住着呢。公园景致不错，天气晴朗的日子会有许多市民来这里游玩、锻炼，夏天傍晚尤其人多，简直可以说是人潮汹涌。这个时候，宽阔的大马路就如同成了停车场。我开了很长一段路，才好不容易找了个停车位。从这些车子看来，小城的富裕与奢华可见一斑，奔驰、宝马、路虎这些豪车随处可见，就是宾利、玛莎拉蒂这样的顶级品牌偶尔也能见到。

下了车，我问："去哪儿，想不想爬山？"

施小青笑笑说："没那兴致，江边走走吧。"

大马路一侧是公园，一侧是江堤。我们就下到了江堤的下面，在贴着水线的栈道上散步。这里人少一点，比较清静。天色有点暗下来了，一絮絮带点金红色的云彩在暗蓝色的天幕上飘动着，慢慢地黯淡下来，慢慢地散开。路灯在柳树的梢头上发着光，有点清冷，有点迷幻。而在我们脚下，江水缓缓地流淌着，有些浑浊，有些深沉。这一带，富春江的江面非常开阔，此时看去，浩浩一大片，颇为壮观。对面灯火阑珊，影影绰绰。盛夏将临，白天气温已经很高了，夜晚温度

　　　　　　　　　　　　　　　　到南方分手

让人好受一点，尤其是在江边，吹着一缕缕凉爽的江风。

施小青先说了一些单位里的事儿：新局长上任半年了，谁谁马屁拍得紧，看样子会被提拔。

我笑说："那你也去拍拍，弄个干部当当。"

她瞪了我一眼，笑着说："不知道他好不好色，要是好色的话，我去试试看。"

"还是别这样吧，"我说，"到时候失了身又没官当。"

她咯咯笑了，手捂着嘴。接着她又讲了些鸡毛蒜皮的小事，哪个同事买了什么衣服，哪个同事生病了等等，我不时敷衍几句。后来她说："你明天有空吗？我们去看看房子好吗？那个楼盘这几天在搞活动。"

我说："不一定有空。"

这事儿她前几天在电话里跟我说起过，我语焉不详。

"你就是不想买！我跟你说，就现在那房子，我爸妈是不会同意我们结婚的！"施小青生气了，拿指头戳了我一下。

我冷冷地说："是你不同意吧？你要是愿意，他们有什么办法？婚姻自主嘛。"

"是啊，我也不乐意。就你现在那房子，以后叫我怎么带同学朋友过去玩呀，人家都住大房子，凭什么就我住小房子！"

"那你去找个有豪宅的嫁了好了！"

"你怎么这样说话！"施小青又嗔怪道，"我是在认真跟你说呢，房子可是大事，总不能随随便便吧？"

"还有好多人没房呢，他们都不结婚啦？我至少还有一套！"

"那是人家，不是我！反正我是很在乎房子的！"

我沉默着往前走了几步，又说："现在房地产行业正处于调控的关键期，政府不是一直说要让房价回归合理水平吗？应该会降下来一点的，再等等看吧。"

"调控，调控，什么时候房价真正下来过？！调控结束，还不是涨得更高！"

"那倒未必，杭州、上海这些大城市，房价确实已经降了呀，有些还降了不少。至少，房地产作为投资的时代已经过去了。"

"那是人家大城市，看看我们这里，降了没有？最多就是不涨。再说，我们买房又不是为了投资，是为结婚用的呀。"

我又没话了，两个人肩挨着肩继续走路。一艘灯火明亮的游船在江面上行驶，距离堤岸不过几十米，可以清晰地看到里面喝茶聊天的游客。我想，是啊，她说的也不无道理，政府调控这么长时间了，可在我们这个小城市房价也没有明显下降过啊，而一旦调控结束，还真不好判断房价走向呢。还有我也知道，她是真心想结婚了，毕竟女孩子到了二十五岁，想有归属感的意愿说不定比我还强烈呢。我还

到南方分手

知道，结了婚，她会是个不错的老婆。然而，这会儿我对这个问题却提不起劲来。一方面是因为那笔贷款的事，弄得我心情懊恼；一方面是和她的情感，不知不觉也有了一点裂痕。她是个直爽的人，前阵子告诉我，她同事给她介绍了一个小伙子，是个乡镇的公务员。

我抬起头来往前看，不远处一座斜拉索的大桥横卧在黑黢黢的江面上，桥上灯光迷离，一辆辆小车流星般地穿梭来往着，有一种童话般的色彩。

又走了几步，我问："跟那个乡镇公务员见面了吗？"

施小青愣了愣，侧头看了我一眼，说："没有。你什么意思？"

"不是你说的吗？你同事给你介绍的。"

"那是人家好意，不表示我就要去见他。你今天怎么了，对自己没信心了？"

"我无所谓。"我闷声说。

她主动靠过来了，挽着我的胳膊。我内心掀起了一点波澜，我想如果顺顺当当，我还是愿意和她步入婚姻的殿堂的，毕竟我年纪也不小了，父母亲盼着抱孙子呢。然后，我答应，明天下午抽空陪她去看房。

江边小道走到头，我们上到了大马路上，往回走去。她从包里拿出手机，看了看时间，说："我们回去吧，我不想再走了。"我说好吧。那是一款白色的手机，五千块钱左右，是今年情人节我送给她的礼物，而我自己用的还是一款两千多的旧手机。上了车，我说："还早呢，去我那里吧。"

我的房子也在城西，从东吴公园开车过去不到十分钟，楼盘面积倒是挺大的，只是开发商的实力和名气都较弱，房子的外观、质量以及小区的配套都很普通，当然价格也是偏低的。房子位于五楼，简单装修过了，我把卫生间、卧室搞了搞。我工作头两年租房住，买了房后，当然不想再花冤枉钱了，就托一个亲戚包工包料简单弄了下。一则当时拿不出全套装修的钱，二则也考虑要听未来老婆的意见。一开始，施小青对这套房子也没什么不满意，甚至还设想过怎么装修呢。

房间里很简单，床、电视机、电脑，一台刚买不久的台式电扇，一个拉链坏了的简易衣柜，凳子只有一把，有些空荡荡的。我们坐在床上看电视，吹着电风扇。起先我们并排着坐，后来我把她揽过来，两个人就抱在一起了。她脸上慢慢地泛起潮红，眼睛里也荡漾起了旖旎的风情。抚摸，亲吻。她瘦弱而白皙的身体像一片羽毛飘落到祭坛上，浑身布满了欲望的泉眼。我如同悬崖跳水般俯冲下去。

一会儿，她说："太热了！热死了！"

我双手撑起来，胸口汗滋滋的，有点黏。我说："那你说怎么办？我也感到很热。"

她眼神朦胧地看着我，说："不知道。"

我想了想说："有了。"

我站起身，又把她拉起来，踮着脚进到卫生间里。我打开灯，打开花洒龙头，让清凉的水流细细地喷洒下来，然后抱起她，靠在瓷砖墙壁上。狂野，温柔，缠绵……

事后，她笑着说："你就这一点还行！"

听这话的意思，她似乎是经历颇多了，第一次她这样说的时候我心里郁闷了很长时间，现在已经无所谓了。我也笑着说："怎么样，要不要再来一次？"

"别，该回家了。"她边穿衣服边说。

我们两人在感情方面有点不谐音，但在这方面，从来都是很和谐的。

有一次我们亲热过后，互相坦白了各自的恋爱史。施小青说谈过一次，是个医生，后来没感觉就分了。我也老实交代了两段恋情，一次是在大学里，一次是上班的第二年，时间都不长，后一次还没什么实质性的接触。

## 4

第二天上午，上班没多久，我就直接被老大吕行长叫上楼去了。林姐和我一起上去。进了吕行长办公室，发现张行长已经在了。昨天从荣达公司回来，已经快下班了，林姐上去向张行长汇报了，我没上去。此时吕行长面色凝重，听完林姐的简单汇报，说："据可靠消息，荣达这次很可能要被龙盛拖下水了，龙盛的债务要它承担，银行又不肯贷款，资金相当吃紧，弄不好就要倒的，所以，我们的那笔贷款一定要重新落实担保单位！"

吕行长当了三年多一把手了，也是从省行空降下来的，据说很有背景，年纪又轻，才三十六七岁，在多个岗位上历练过，仕途非常看好。有传言说他可能今年就会被提拔，所以在这个节骨眼上，他肯定是求稳求安，非常不愿意出纰漏的。吕行长个子不高，有点胖，一张白白净净的脸，但是看上去就显得颇有城府。两位行长交头接耳了几句，然后吕行长对我说："小马，从现在开始，你工作的重中之重就是重新落实荣达公司担保的事，一定要在最短的时间内，把这个事情办好！有些工作我们行长层面会去做，你就听林总的安排，集中精力做好这件事！"我点头说是，也是一脸凝重的表情。然后我先出去，林姐留下。

下楼梯的时候，我回忆着当年这笔贷款的起头。那天下午，上任才半年左右的吕行长一个电话把我叫到他办公室，然后将我引荐给正坐在那儿喝茶的夏德明夏总。吕行长说："夏总是地税的某个领导介绍过来的，很不错的企业，很不错的产品，属于我们行要重点支持的优质客户。现在他有一千万的信贷需求，小马，这个事情由你来做，先做信用评级，然后申报贷款。"信用评级很快我就做好了，行内AA级，确实还不错。然而申报贷款的时候，在担保单位上碰到了一点问题。第一次那个企业规模太小，被我直接否决掉。

　　　　　　　　　　　　　到南方分手

夏总又找了几回担保单位，都不理想，审批条线没有通过。后来，就找了那家龙盛纸业。龙盛虽然规模足够，但本身负债率太高，我认为也不理想。夏总说不好找了，就再去见吕行长，贷款终于通过。至今，这一千万一年期的流贷已经转了两期，一切都很正常。贷款下去后过了几个月，吕行长也曾到荣达公司走访过，我和当时的部门领导周经理陪同。之后，因为一切顺利，吕行长倒也很少过问了。夏总那边，肯定是联络着的吧，逢年过节串个门什么的，因为连我这样的小角色，也会意思一下呢。

　　夏总人不错，有钱但比较低调，这一点从他的座驾就可以看出，一直开的是一辆沃尔沃。企业也领导得不错。他的情况我还是比较清楚的。本来日子很好过的，前几年一次失策的投资让他损伤了一点元气。旧厂拆迁，腾出来那块地，本来是由政府回购拍卖的，但当时房地产火爆，而他自己回购是有政策优惠的。他就联合另外一人成立了房地产公司，拍下了这块地开发房地产，四幢多层普通住宅，沿街是商业用房。公司成立后不久项目就上马了。但没有想到，在将工业用地变更为商住用地的审批过程中碰到了一点问题，耽搁了一阵子。后来，又碰到房地产调控。开始他以为调控是走走样子的，继续投入资金建房子，慢慢发现这次中央动了真格，那段时间成为史上最严厉的调控阶段，房地产行业一下子趋于萧条。去年下半年，夏总通过关系，终于将这个"烫手山芋"脱手了。表面看来没亏什么，但算上这几年财务费用的损失，那也是上千万了。还有，因为当时房地产暴利的诱惑，他减少了公司在主业产品研发方面的投入。说起来，夏总这一出戏，就跟有些跑路的温州老板差不多呢，都是让过热的房地产给害的。我真心希望他能够渡过难关，那笔贷款呢，也能够顺利落实好新的担保单位，一切安稳。

下午三点刚过，施小青给我发了条短信：可以走了吗？我回复：好的，马上来接你。我向林姐请了个假，说是去看房子。这事儿她知道，那家房产公司就是大名鼎鼎的绿城房产，在我们行有开发贷款，也做按揭业务。她替我打了个招呼，说能够一平方米优惠二百元。本来是我半认真半开玩笑开口向她借钱的，我说林姐，你那么有钱，借个十万做做首付。当时她答应了，说好啊，到时候再说。然而，也就是几天前，我真的向她借钱了，她说哪来的闲钱，都投在外面还没收回来呢。其实，我知道林姐很有钱，老公是一名比较成功的律师，夫妻俩收入都不低，光房子就买了三四套了。然后，她就替我打了那个可以打折的招呼。

楼盘在银泰百货旁边，和万科的金色家园紧挨着。在过去的一年多时间里，绿城房产的新闻可出了不少，互联网上老有报道，一会儿说资金链断裂快要破产了，一会儿又说改变销售模式四处卖项目以求生存。但是在我们这个小城里，它依然死扛着价格，和万科一起成为了高端地产的代表。我和施小青也去实地察看过，一期现房以及二期样板房，品质似乎还是很不错的。二期即将开盘，价格尚未公布，但这几天在搞看房活动，缴5万可以抵15万。其实，这也是变相的降价，还美其名曰"诚意金"。这是在市场调控的低迷行情下的促销手段，只不过，相对于高高在上的房价和大面积换算成的总价，也是杯水车薪。但还是有人动心了。我们到那儿一看，售楼部外面停满了车子，大厅里人头簇拥。中央空调拼命吹着风，依然有一股污浊的气味在里面回旋。我们挤进去，到沙盘边上看了会儿。施小青中意一套小高层的边套户型，面积139.6平方米，三房两厅两卫，跟我现在那套比起来，档次确实相差大了。开发商先接受预订，说是下个月开盘，预计价格在12000元以上。那样一套房子，至少就要168万，我又是属于二套房，按现在的房贷政策，首付60%就要100万。就是把我那套老房子卖了，还不够首付呢！更不要说以后每个月的按揭，二套房利率为基准上调15%，每个月也是好多钱。还有房子装修，也要好多钱。一想到这些问题，我的头就大了。

施小青却很兴奋，在人堆里挤来挤去，看着那几个交款的人满脸都是羡慕。后来她拉着我说："马克，我们也交钱吧。"

我说："再等等吧，你看它卖得也不好，说不定以后还会有更大的优惠呢！"5万块钱我身上的卡里有，但我就是不太乐意。我注意到，其实那些来看房的人也是凑热闹的居多，真正交预付款的寥寥无几。

"等等等，等到什么时候？你就是不想买！"施小青脸色又愠怒了。

"我没说不想买，只是说再考虑考虑，毕竟买房是大事啊！"

"那结婚就不是大事啦？！"施小青甩开了我的手。

我沉默着，不知要不要交钱。这时候，手机突然响了，一看是林姐打来的，我连忙跑到边上去接听。林姐说："马克，你赶快回来，张行长有事找你，关于那笔贷款的。他待会儿就要出去的，你赶紧回来吧。"

这倒好，给了我离开的借口，虽然心里照样很烦。施小青不说话，闷闷地坐进车里。我把她送到单位楼下，直奔银行了。

## 5

我给小梁打电话。我说："小梁，昨天傍晚我们张行长跟我说，你们联系好了让华泰公司来担保，那我上午就过去行吗？"

小梁是荣达公司的主办会计，也是夏总的外甥，相当于财务方面的负责人。小梁比我小一点，二十七八岁，平时贷款方面的事都是他经办的，人很好说话，就是有点浮躁。比如我们银行有理财产品，有时候有突击性任务，我就叫他

　　　　　　　　　　　　　　　到南方分手

买上个三五百万，他一般都会爽快答应，但提交报表这些事情他就有些拖拉了。华泰公司也是东江镇上的企业，规模不是很大，当年作为担保还被我否决过呢。但此一时彼一时也，现在就不计较了，照张行长的说法，赶快找一家企业套牢，权当是"替死鬼"。

小梁说："是的，是的，营业执照、财务报表这些资料已经准备好了，就等他们老总签字、盖章。这个事情你跟老板联系，他自己在弄的。"

我说好吧，就挂了电话。随即拨打夏总的电话。他说："小马，上午我没工夫，下午你来吧。"

我说："夏总，华泰公司不就在你们旁边吗，你打个电话，我去办就是了，要不我现在就过来？"

夏总顿了顿说："要不我先联系联系吧……上午估计没时间的，下午给你电话。"

我只好说好。我又打给张行长汇报了一下，他昨天说这事上午就要去办的。张行长说："下午就下午。你盯紧了，一定要办好！"

放下电话，我有松了一口气的感觉，尽管心里还不是很踏实。接下来，安心地做一份别的企业的信贷资料。林姐没在，一早就带一名客户经理跑企业去了。

我打开内网，浏览了一番邮件，这几天都没心思认真看，一边等着夏总的电话。到三点钟还没打来电话，我就决定自己上门了，这种事情当然容不得耽搁。

开车去的路上，我思绪杂乱，感慨颇多。其实，对于夏总这个人，我还是很有好感的，不是万不得已，我是不情愿这样去追着他的。这里面还有一点故事。

两年前的正月，夏总邀请周经理和我到他家吃饭。他的独生女夏薇，那年22岁，在杭州某大学读书，正好也在家里。饭桌上，周经理喝了点酒，开玩笑说："小马，我看夏总的女儿很不错的，你可以追追看噢。"夏总也笑道："我看小马人很不错，工作也不错，小薇都大二了，要谈恋爱也可以了。"我低着头喝酒，可心里美滋滋的，因为头一眼看见夏薇，我就已经被吸引了。她个子蛮高的，大约有一米六七或六八，稍显圆形的脸，十分清秀的五官，头发刚刚盖过耳朵，肌肤呈小麦色，身材有点丰满，浑身上下洋溢着青春的健康与活力。我偷偷看了她几眼，笑着说："好啊，夏总同意我就追，反正我还没女朋友。"夏薇当场红了脸，站起来躲进厨房了。夏总说："好的，我不反对。我也担心，到时候谈个外地的对象，跟着人家去了呢。"事后，夏总还给了我夏薇的电话。随后的日子里，我内心非常激动，也感觉到非常幸福，对这份感情充满了憧憬，并且也勇敢地付诸行动了。夏薇回应了我的联系，于是我们有过一阵接触，主要是在电话和QQ上。有两次休息日，我还乘公交车跑到杭州去，把她从学校门口接出来，一起逛街、吃饭、看电影，很晚了才回来。一开始她有点羞涩，后来说愿意像朋友一样相处，不久我就热烈地表白了，但她反而变冷淡了。大约两三个月后，她明确拒绝了我，理由是年龄相差太大。我郁闷了好长一段时间，因为自尊，后来也就不跟她联系了。后来，我从夏总那里得知，大三开始夏薇因为学校的安排去了澳大利亚，在西悉尼大学工商管理专业继续读书。夏总乐呵呵地说："这个小丫头，在那边过得开心着呢，说环境好，空气好，人际关系简单……唉，就是找对象眼光太高了，好像还没找呢，不过我们还是希望她回到国内后找，要是找一个外国的，到时候我还得把公司卖了移民呢。还有，钞票花得厉害，有些同学勤工俭学差不多可以对付生活费了，可她呢，一点活不干，每个月要我寄过去好几万！"谈起宝贝女儿，夏总充满了慈爱，就是责怪也面带着微笑。我有点苦涩地想，那是当然，她是公主，眼光怎么会不高呢！我追求夏薇的事他似乎并不知情。虽然那份爱只能深埋心底，带给自己的也只是黯然伤心，但我对夏总的那份好感依然存在。

进了荣达公司大门，我发现夏总的车停在那儿，就直奔三楼。敲了几下门，夏总来开了，拉开一条缝，我窥见里面有好几个人在，就犹豫着要不要进去。夏总说："小马，不好意思，你稍微等会儿。"我说好的，他就关上了门。我在门外听了会儿，不太听得清楚，好像也是钱方面的事。过了几分钟，没见他们结束，我就跑到二楼去了。

财务科设在二楼，里面坐着小梁，以及一位四十来岁的妇女，一个二十来岁的小姑娘，我都比较熟悉。去年我带人来装了高级版的企业网银，为了指导他们使用，跑了好几趟。小梁给我泡了茶，我在他旁边坐下来，有一搭没一搭地聊天。小梁个子不高，胖乎乎的，两边脸颊的肉有点鼓鼓的，说话老是眨巴眼睛。小梁肯定知道一些内幕，我想从他这里套到一些消息，可没想到，这人平时嘴巴不严，这会儿口风却很紧了，顾左右而言他，敷衍了我一阵。后来我就起身往三楼去了。

刚好，那几个人出来了，我就立马进去。夏总送他们到楼梯口，返回来，冲着我苦笑了笑。

我说："夏总，在谈什么事？"

"还能谈什么，出了点事，大家都找上门来了，好像我真的不行了！"夏总替我泡茶。

"你当然不会不行的。"我笑笑说。

其实，我也是那些人中的一个，这个话题就不便说了。顿了顿，我说："夏总，那么担保的事办一下？"

他回到座位上，擦了一下额头，说："稍等一下，我先打个电话。"

他拿起桌上的座机，拨了一个号码，举着话筒过了一会儿，说："办公室电话不接，我打他手机。"又拨打手机，过了也有不短的时间，他放下话筒说："金总手机也不接，怎么

　　　　　　　　　　　　　　　　到南方分手

回事？"金总就是华泰公司的老板，是夏总的朋友，有两次夏总请我们吃饭他也陪同。夏总脸色有点变化，明显是不高兴。

我说："夏总，反正这么近，过去一趟吧。"

"不知道金总在不在呢。好吧，我们过去一趟。"夏总迟疑着说。

我当即起身。下来后，夏总说坐他的车去。出了大门，我们在开发区的中心路上开了几百米，就到了华泰公司门口。门卫一探头，就赶紧放行了。华泰公司是做纺织品的，厂区范围要小一些，倒也整洁。下车时，夏总自言自语："金总车子在，电话不接，怎么回事？"我侧头看了一下，办公楼旁边停着几辆小车，其中有一辆白色的宝马740，在阳光下熠熠闪亮，特别显眼，估计是金总的车吧。

到了金总办公室，果然看到他独自坐在那里，抽着烟，面无表情的样子。我们进去，他一愣，站起来说："请坐，请坐。"金总五十来岁，矮个子，皮肤很黑，有点胖，我印象中他是很喜乐的，酒喝多了喜欢即兴唱上几句，还喜欢讲笑话。

金总给我们泡茶。夏总喝了口，开门见山地说："金总，小马也过来了，那么帮帮忙，担保的事请办一下。"

金总脸上有点僵，过会儿说："夏总，实话讲，这个事情有点麻烦。"

夏总脸色骤然也变了，说："不是说好的嘛，怎么突然就变卦了？"

　　"嗯嗯，我是没意见……可是老婆、儿子晓得了，跟我吵，坚决不同意！"金总眼神飘移，有点虚。

　　"这么点事情还要老婆、儿子做主，你这个老总怎么当的！"夏总说。

　　"那不好这么说的，老婆、儿子都有股份的，加起来股份比我还多呢！再说，公章在我老婆手里，我就是签了字不盖章也没用啊。马经理你说是不是？"金总看着我，有点像干架的狗想寻个帮手。

　　这个时候的我也像一条饿极了的狗，只想一口咬住眼前随便哪块肉，可是不知道从何下手。我不好说话，就沉默着。

　　夏总也黑着脸沉默了一会儿，说："那我给他们打电话。"

　　金总说："没用的，他们不会答应的。"

　　夏总突然火了，站起来说："我说金总，别推到老婆、儿子身上了，这件事情你可以做主！直话直说，肯帮忙就帮，不肯拉倒！亏得我们还是多年的朋友呢！你总不会忘记掉，前几年你那笔五百万的贷款，我二话不说就签字给你担保了！"

　　金总脸色非常难堪了，嘿嘿笑着说："谁不把你当朋友！不过，这个事情，我实在帮不上忙，老婆已经把公章拿走

　　　　　　　　　　　　　　　　　　到南方分手

了，我也已经做了很长时间思想工作了，就是做不通！"

夏总说："好好好，墙倒众人推！既然你不同意我也没办法，朋友也不用做了！我去找别人帮忙，我就是不信会弄不好！"说完，夏总气呼呼地出去了。我跟在后面。

金总没接茬儿，尴尬地送了几步。

上了车，夏总说："小马，你放心，我一定会找好担保单位的，答应你们行长的事情，一定会做好的！"

我嘴上说相信相信，然而内心非常失望。这个时候，我偏偏又突然间想到夏薇了。她在澳大利亚情况怎么样？我很想问，但考虑再三，还是没开口。

回来后，我立即向张行长汇报。他也面露失望之色，沉吟一下说："那就继续做工作，务必要完成！"

## 6

然而，过了好几天，荣达担保的事还是没有落实。其实，可以想见，在目前这种形势下，要找一家担保单位谈何容易！

外面开始传言：荣达公司快不行了，各家银行纷纷采取措施，公司雪上加霜，眼看着就要倒了。我们建行也打算采取措施，已经委托律师起草法律文书，同时上报了省分行。就在这个时候，政府出面了。荣达公司是镇里的重点企业，去年厂值排在第六位，纳税排到第八位，一旦倒闭，对镇里的经济数据会产生影响，而且牵涉的事情很多。企业都有互保，至少有两家企业会受到很大影响。更重要的是，七八百个工人要下岗，这可是不利于稳定的大事啊。所以政府总是高调维稳，稳定压倒一切。镇里专门成立了应急处理小组，由主管工业的副镇长担任组长，召集相关的六家金融机构和四家企业来协商。会上先通报了荣达公司的销售、生产状况，以及资产、负债等数据。受欧美经济疲软的影响，目前出口有所滑坡，国内销售保持原态，但应收款占比很高。公司总资产一亿一千多万元，总负债六千五百万元，考虑到为龙盛公司担保的或有负债已经成为现实负债——具体要承担多少，还要看金盛的清算结果，金盛公司不在本镇辖内，却事实已经破产，所以不在本次会议之列——实际负债肯定超过了警戒线，但也没到十分危险的地步。负债具体情况是，富阳中行以土地、房产抵押贷款两千五百万元，深发展杭州一家支行以设备抵押贷款一千万元，其他都是担保贷款了，尤以我们建行担保情况最差，差不多等同于信用贷款了。镇里要求，各家金融机构暂时都不收贷，不采取不利于荣达的法律措施，现有贷款的付息改变方式，月结、季结的全部改为到期连本带息归还。同时，镇里承诺，将尽力帮助公司寻找新的融资渠道。至于公司方面，夏总也当场表态，请大家放心，贷款一定会到期归还的。同时，将加大应收款的回收力度，争取尽快走出资

到南方分手

金困局！下一步，公司将加大新产品研发力度，加大国内市场开发力度，争取用两年左右时间彻底改变公司的面貌！这样，银行方面暂时稳住了。

张行长和林姐参加了协调会。回来后张行长向吕行长汇报了，又把林姐和我叫到他办公室，布置后续工作。既然政府出面了，我们不能不给面子，但银行是独立经营、风险自控的，也要有自己的计划。张行长要我密切关注荣达公司的情况，随时向他汇报。挺得住当然最好，万一倒了，也要第一时间采取措施，力争损失最小。

接下来的时间里，我几乎是每隔两天就跑一趟荣达公司。到车间转转，去财务室、老总办公室坐坐，但夏总不容易碰到。生产上倒是感觉如常，问几个管理人员，他们很敏感，都说没什么问题。问操作工人，大多是外来民工，也不会跟你交流。

大约半个来月后，有天下午我到了荣达公司，发现很多人在闹事。一听是当地的村民，有不少还是夏总他们村的。他们先在夏总那里闹，后来夏总好说歹说，把他们弄到小梁那儿去了。我因为恰好在场，当然不会错过，就仔细地旁听了。这才知道，原来荣达公司向这些村民也借了钱，少则三五万，多则几十万，一分半或者两分的利息。有一个老太婆，看着六十多岁了，眼泪鼻涕地在哭诉，她省吃俭用攒下来的五万块钱，借给公司了，已经两个月拿不到利息了。都说公司要倒闭，现在她利息也不要了，只求将本金还给她。还说现在天天被儿子、媳妇骂。看着这些人，我由衷地对他们有些同情。说实话，现在银行存款利息太低了，想要多点收益也可以理解，但是在信息、能力极不对称的市场环境中，他们终究是弱者，为获一点小利，很可能最后损失了本金。

后来，在小梁的耐心劝说、一再保证下，这些人终于走了。然后，我又进了夏总办公室。他给我泡了茶，闷声坐在那里。

我说："夏总，这些村民头上的借款，我们原先可都不知道啊，总共有多少？"

"不多的，"夏总说，"总共也就两三百万，前阵子资金特别紧张，就想救一下急，从人头上借了一点。利息每个月都按时给他们的，也就是最近跟他们商量缓一缓，他们就急了，以为我要倒了，一个个都来讨债了！我货款还没出来，应收款在外面那么多，进材料要付钱，哪有现金给他们呢？真是屋漏偏逢连夜雨啊。"

他这么一说，我又对他有些同情了。同时心里嘀咕，除了银行贷款，也不知道荣达到底还有多少借款？我嘴上却说："这些普通老百姓，他们的钱来之不易，也是可以理解的。"

"我也理解，所以一定会尽快处理的。"夏总向我诉苦了，"唉，小马，早知道办企业这么辛苦，我就不会下海了，下辈子绝对不办企业了！"

我知道，他以前是镇里的干部，四十出头才下海的。我沉默了一会儿，然后抬起头来，目光游移，落在了夏总身后的那个玻璃镜框上。看了会儿，终于认出了那四个草书——百年长青。落款是省里的一位前领导，退下来后以书法家身份出席社会活动。我心想，这会儿真有点反讽的意味呢。

我说："办企业辛苦是辛苦，不过风光的时候还是有的，还有，毕竟有一种成就感。"是啊，我记得原先他顺当的时候，曾经说过做老板的好，辛苦当然有，但毕竟还是风光享乐多！

夏总说："小马，今天的事情，你知道就行了，领导那边就不要汇报了。"

我说好的。

回来后，考虑再三，我还是没有向领导汇报，但以后我会更加密切关注荣达公司了。

## 7

转眼到了七月中旬。杭州的天气，夏天热得厉害，白天的最高温度已经连续数日达到35℃以上了。好在银行工作环境还算可以，体会不到那些在高温下工作的人的心情。但因为荣达的那笔贷款，这个夏天，我恐怕是我们银行的一个特例，内心始终是焦虑着的、受着煎熬的。还有，哪怕是高温天，我也照样三天两头地跑一趟荣达公司。我感觉它就像是我开心农场上的一亩地，甚至连做梦我都惦记着它。

那天晚饭后，我在办公室里做资料。其实我也不是那种一心扑在工作上的人，只是白天跑在外面，回来后做了一半，就想晚上将它完成，还有回家太闷热，也没什么想去玩的地方，还不如待在办公室里凉爽。有家化纤企业两千万一年期流贷下个月到期，资料送到我这儿好几天了，一直不大有心思对付，现在得赶紧做申报了，要不到时候会手忙脚乱。我翻看材料，发现缺一份当月财务报表，就拿起电话打给汪杰。

电话通了，汪杰说："这几天我正跑别的银行呢，报表车上就有，一会儿送过来。"

十分钟没过，他就到了楼下，然后从边门上来。将报表递给我，他说："劳模啊，怎么一个人加班？"

我说："还不是为了你们公司的事！"汪杰是个小伙子，才二十五岁，个儿挺壮。企业是他老爸创办的，他大学毕业才一年，用他自己的话说，在公司里打杂。目前政府、银行这一块由他跑着。

汪杰拍了一下我的肩膀说："不差这一夜的，待会儿跟我出去玩，见个网友。"

"女网友？"

"嘿嘿，男网友见个鬼啊！我可没那个嗜好。"

我说："那我去当电灯泡啊。"我知道他经常见网友，本地的，甚至外地很远的也有。很多次开了房，当然是他自己说的。

"没关系的。视频见过，貌似不怎么样……她自己提出来见面的，我反正也没事，见就见吧，我又不怕被怎么样，嘿嘿。"他约了网友喝咖啡。

做了一会儿资料，我感觉也很没劲，就说："好吧，跟你去。"

到了楼下，我们坐上汪杰刚买不久的奶白色的保时捷跑车，往约会的地点驶去。几分钟后我们到了那家咖啡馆门口，约定的时间还没到，我们先进去。咖啡馆气氛总是有些相似，优雅、暧昧，粗粝的生活在这里变得精致细腻起来。我们挑了二楼一个角落边的位置坐下。一会儿，他接到短信，网友到楼下了，他跑下去接应。几分钟后，他带着一个女孩上来了。女孩二十二三岁的样子，穿得很性感，长得确实不怎么样，脸上还有一些红红的小痘痘。她一看我们是两人，有些愣怔。汪杰说："没关系的，弟兄。"她就在我对面坐下来，汪杰坐在她旁边。汪杰让她点单，她有些紧张，但尽力装出老练的样子。

聊了几句天，才知道她是一家蛋糕房的营业员，老家乡下，在城里上班好几年了。

她问汪杰做什么的。

汪杰说："不做什么，在社会上混的。"

女孩很不相信地说："在社会上混的，能开这么好的车？这么有钱？告诉我嘛，你到底是干什么的？"显然汪杰已经显摆过了，女孩子已经知道他多金。

汪杰一笑道："放炮子的。"

女孩好奇地问："放炮子是干什么？"

"就是在赌场上放债，高利贷。"汪杰说。

女孩说："那可不太好哦，好像是黑社会。"

汪杰和我笑笑。我没说话，吃了几片西瓜。一会儿咖啡上来了，大家各自调味，然后端起来啜饮。放下杯子，她问我："那你是干什么的？"

我说："给他做保镖的。"手指头指指汪杰。

女孩瞪大了眼，说："不会吧，他那么壮，你看上去有点文质彬彬的。"

汪杰说："他骗你的，他在机关里上班，是公务员。"

"我看也差不多。"女孩说。

大家继续喝着咖啡乱扯天。我明显感觉到汪杰不是很感兴趣，女孩也感觉到了，所以后来话就比较少了。我们问她真名，她笑笑不肯告诉。坐了一阵，她主动提出告退。汪杰说送她，她没谢绝。

到南方分手

汪杰买了单，我们下去。汪杰发动车子，问她到哪里。她说了个地名，估计是在那儿租了房。一会儿到了那边，女孩下车，跟我们说拜拜。汪杰大声说："下次我一定到你那儿买蛋糕！"

汪杰问我想去哪里。我想了想，好像也没多少兴致。他说："我看你好像心情低落，那就去酒吧吧，去 high 一下！"

他轰地一脚油门，车子往前蹿去。我说："你开车怎么喝酒？"

"停在那里，打的，或者叫一个弟兄来开。"汪杰说。

我们去了一家地处城郊的酒吧，在小城里算是比较高档的，我和施小青曾经也去过。停好车进去，一进大门，在玻璃走道里，耳朵便被振聋发聩的声音充斥了。走到大厅，看到一群人在狂欢，好像群魔乱舞，和着强劲的迪斯科曲子。我们挤向中间，到了吧台边沿。汪杰招呼吧台小姐，要了两瓶啤酒。第一口冰凉彻骨的啤酒灌下去，真正体会到一个爽字。然后，放慢了喝。疯狂的迪斯科还在继续，两边台子上，两个身材绝佳的妙龄女郎在激情奔放地领舞，下面场地上一大群人随着节奏摇摆着、叫喊着，差不多有点儿癫狂。汪杰拉了我一把，我们也混进人群中去了，发泄了一把。一会儿，嘈杂的音乐终于停了，激情的人们纷纷散去，我们又回到吧台边。这时候音乐换成了轻柔的曲子，适合谈恋爱的人交头接耳。汪杰又要了两瓶啤酒，大喝一口，开始左顾右盼，寻找搭讪的对象。我也觉得，两个大男人这样干坐着有点儿遗憾。

突然，汪杰拉了我一下，说："喂，你看那个是谁？"

我顺着他手指的方向看去，尽管酒吧里灯光有些暗，还是看清楚了，并且大吃一惊——因为我看到，施小青和一个小伙子坐在一个角落里！我再仔细看了看，没错，是施小青！他们距离我们大约有三十米，因为有个吧台挡着，不容易看到我们。

"那不是你女朋友吗？"汪杰看我的眼神有点怪异。

"什么女朋友，早就分手了！"我竭力让口气淡然。

"分手了？怎么没跟我说过，前阵子还看到你们一起散步呢。"

"都什么年代了，要分手还不是很快的事情！"

汪杰有些似信非信，不过看我那么淡定，大概还是信了。他说："管他分不分手，你就看着那个家伙泡她，一点不难受？"

"跟我有什么关系？不难受。"我嘴上这样说，可心里其实难受着呢。

"去弄弄他，让他们不开心！"汪杰说。

"那你呢，泡过的女孩子，不也都在谈朋友？为什么不去弄他们？"

"那可不一样，你是谈恋爱，我是玩玩的。"汪杰笑道。他又让吧台小姐开了两瓶酒，喝了口说："既然你这么大方，那就随你，不过要是想出口气，我绝对帮你！"

我说算了吧，也拿起酒瓶大口喝酒，想用冰凉的酒来熄灭内心的火。我又偷偷看了那边几眼，看不出那男的个子有多高，但身材有点胖，戴副黑框眼镜，年纪大概跟我差不多。他看上去很快乐，而施小青呢，小鸟依人般坐在旁边，有点矜持，脸带微笑。那种表情，分明是我熟悉的，让我回忆起了以往。他们喝着饮料，玻璃台面的小桌子上摆了西瓜、瓜子之类。我恨恨地猜想，这应该就是那个乡镇公务员吧。

汪杰问："那男的干什么的？"

我说我怎么知道。

后来，我们看到那男的跟一个从他身边走过的小伙子打招呼，说了几句话。汪杰高兴地说："那个小伙子他也认识，可以去打听一下。"他果然站起来，去找那个认识的小伙子了。几分钟后他回来，坐下来对我说："是个公务员，在灵桥镇政府上班，好像家里有点钱，老爹开了一个砂场。"

"那就是个小财主喽，怪不得这么快就被他搞定了。"我说。

"她是有眼无珠！那男的看上去就是一个悖鬼！"汪杰安慰我，"来，喝酒！女人算什么！"他拿起酒瓶和我碰。我猛喝了一大口。

继续喝酒。过了会儿，DJ又放迪斯科了。我注意到施小青他们没有上去，我也不想上去，汪杰上场摇了会儿。后来，我注意到他们站起身来，打算走了，就拉了一下汪杰，说："我们走吧。"

汪杰说："玩够了？"然后，他朝那边窥了一眼，便意会了，说："好，那我们也走吧。"

他结了账，一共喝了十瓶青岛。我到了外面，我看到那两位正朝一辆黑色的丰田皇冠走去，标志还是金黄色的。我加快走几步，大喊一声："施小青！"

她回过头来，看着我，十分惊讶。

我说："到酒吧来玩，怎么不告诉我？"

施小青不说话，呆呆地站在那里。

那个男的盯着我，说："你是谁？"他个子不高，不过很敦实，面相看上去似乎也不坏。

我不理他，继续看着施小青说："走，上我们的车，我送你回去。"

施小青有些不知所措。那男的绕过车头，走过来几步说："她去不去关你什么事！"

我也朝前走，到了车子一侧，大声说："她是我女朋友，你知不知道！不信你问问她！"

施小青不答话。那男的愣了一下，然后说："那又怎么了，她现在不想跟你谈了，你缠着她算什么！"

我火蹭就大了，趁着酒劲，不顾一切地抬起脚来，朝他车子踢去。砰的一声，一边的门有点瘪了，我的脚也很痛，但顾不上了。

那男的吃惊不小，尔后反应过来了，拿起手机打电话。这时候汪杰也过来了，站在我身后以壮声势。施小青开始没反应，看到有辆出租车开过来，下了客在招揽，她就一声不响地跑过去，上车走了。

这个夜晚，后来的事，有点虎头蛇尾的样子，草草收了场。乡镇公务员打了一个电话后，从酒吧里出来两个朋友，恰好就有那位汪杰认识的小伙子。两边有熟人，事情就闹不大了。经解释、劝说，最后和平散场。乡镇公务员有些气咻咻地独自开着车走了。我一分钱没赔，口头道歉，然后和汪杰打的回家了。

到家大约十点半。我打施小青手机，关机了。第二天白天又打了几次，都不接。我发过去一条短信：为什么不接电话？过了很久，她回过来：请你别再找我了，我们好聚好散，手机我会还你的。我心不甘，晚饭后，又打她手机，响了一阵她关机了。我又打她家里电话，她父亲接了，我说："叔叔，小青在家吗？叫她接电话。"他父亲在电话那头愣了一下，说："她出去了。"我问："去哪里？""不知道。"他父亲说。我知道他在撒谎，这个时候她应该刚刚吃好饭，还在家里。但我又能怎么样呢？恋爱是有着自由的名义的。我想，这对家境普通的父母，对宝贝女儿也是充满期望，肯定也想着钓个"金龟婿"，奇货可居般掂量着女儿的身价。我心里很难受，但是奇怪地也有一点轻松的感觉。

次日白天，我又给施小青打了一次电话，没接。从此以后，就再也不打了。我回顾了一下我们的恋爱经过，经济上有一点损失，可也不大，但得到的毕竟也有，想了一阵也就心安了。只是，谈了快一年的感情说完就完，不免有些唏嘘。我想，谈什么恋爱！我真的很羡慕汪杰，自由自在不谈情！但我不是他，做不到的。

这里顺便说一句，后来汪杰果然去了女网友的蛋糕房买过两回蛋糕。半个月不到，就一起开了房，不过仅此一次。

至于施小青，过不多久将手机还给了我，通过一个共同的朋友。一个多月后，我开车经过银泰百货，偶然看到了她和那位新男友。

## 8

度过了一个郁闷的双休日。周一上午，下了一场很大的雷暴雨，下午又是骄阳当空，热浪滚滚。三点半样子，我离开办公室到荣达公司去。一到公司门口，就有一种异样的感觉，好像特别安静！我招呼看门老头儿开门，他伸出头来说："公司放假了，不用进去了。"我跑的次数多了，老头儿认识我。我大吃一惊，赶紧问："为什么放假？"老头儿说：

"不晓得，这个不是我管的，反正今天都没人来上班了。"
我心生恐慌，但到了门口岂能不进去看看，就央求老头儿
开门，他同意了。我停好车，下来后向车间跑去。大门上了
锁，我将耳朵贴在门上静听，里面果然寂静无声！我又往
办公大楼跑，那里也是鸦雀无声，静得有点瘆人。我立即拨
打夏总的电话，关机。我又拨打小梁的电话，打通了，过了
会儿他才接听。

　　我气呼呼地问："怎么回事？为什么突然放假了？"

　　"正常放假啊，这几天高温嘛，加上生意淡季，索性放
几天假。"小梁说。

　　"放多少天？"

　　"半个月。呵呵，这阵子公司资金紧，放假还可以省一
点呢。"

　　"什么时候开始放的？"

　　"就是今天啊。"小梁说，电话里似乎有电脑游戏的背景
声音。

　　"全部放假？夏总呢，电话打不通。"

　　"夏总不知道在哪里。销售部的人不放假，都跑出去催
款了。你们银行都不肯贷款了，只好加大回款力度，这个你
知道的。"

　　哦，原来是这么回事，终于心里一块石头落了地。我将
车子掉了头，开到传达室门口，又问了老头儿几句，证实

了小梁的话。高温放假，听起来倒是挺人性化的，可是刚才简直把我吓死！我又跟老头聊了一阵，了解到一些情况，比如夏总最近很少在公司露面，还有上门讨债的人很多，有几次还把财务科的东西给砸了。至于公司大的财务动向，我早已从小梁那里了解过，银行贷款最后还是没办成，夏总不得已实施一个新方案，那就是让一家有业务关系的台州企业来投资参股。对方已经派人来考察过，但进展好像不大。总而言之，我判断，情况是在趋恶，至少没有好转。

出了意外情况，我还是有些担心的，生怕到时候担当不起，所以第一时间就向林姐汇报了。林姐一听，也颇着急，俄顷说："反正你在那里了，不要马上回来，最好还是去找找夏总，打探一下情况。"

夏总家就在本镇，离镇政府大约七八公里。我一听就明白了，领导的意思是叫我找到他家里去。

东江镇是个沿江又靠山的地方，镇政府一带是江边平原，还有很多村子隐藏在层层叠叠的山坳里。夏总老家那个村子是在山区，不过平坦的柏油公路一直铺到了村子的最里面。我很快到了那个村子。夏总家我来过一次，就是认识夏薇的那一次，对他家房子还有点印象，但进村后的路就记不得了。在村口，我见到一个老头，就摇下玻璃窗来打听："夏德明家住哪里？"老头好奇地看着我，问："你找他做什么？"我说找他有事。他又问："你是哪里人？"我说城里的。我正有点不耐烦了，老头又说："你是来讨债的吧。这阵子他们家天天有人上门讨债！都在说他公司要倒闭了，是不是？"我说："我不是讨债的，也不知道这些。"他狐疑地看着我，最后给我指点了方向。我说了声谢谢，便开动车子。我慢慢开过去，又问了一次路。到了夏总家附近，看到了那栋还有点印象的房子。

太阳炫目，照耀着寂静的小山村。阳光像一把刀子切过来，一半的房子掩藏在柔和的阴影里，另一半则棱角凌厉地闪着光。夏总家的房子很漂亮，独门独院的三层洋楼，外墙贴着赭红色鲜亮瓷砖，底部是浅灰色凹凸不平的大理石。漂亮的房子现在农村里随处可见，但夏总家不光房子漂亮，占地面积也大，房子占地大约一百四五十平方米，再加上前面的空地，足足一亩多。听他说起过，这块地一部分是拿自己家的地跟别人换的，一部分是出了点钱买的，反正在老家农村，总有办法弄成的。院子没有大门，倒是有一对漂亮的门柱。院子中间是一个花坛，里面有些好看的花草，一边靠墙有两个车库，其中一个车库里停着一辆红色的马6，估计是夏总老婆开的。院子另一边有一个葡萄架，正是葡萄成熟的季节，碧绿的叶片下果实累累。我在院子里停好车，朝大门走去。大门紧闭，我轻轻敲了几下，叫着夏总夏总。过了会儿，有人来开门，是个老太太，我有印象，是夏总的母亲。

我问："夏总呢？"

老太太说："不晓得。"

我又问了几句，老太太还是回答不晓得。老太太穿着挺清爽，但腰有点佝偻了，皱纹密布的脸就像一块杉树皮，我猜差不多有八十岁了吧。我就问："阿姨在吗？夏总老婆。"

老太太说："在楼上。"

我说："那就帮我叫一声。"

老太太上楼去，一会儿夏总老婆下来了。夏总老婆不认识我了，毕竟才见过一次。前年正月来她家那次，当时还是她掌勺，我记得她烧得一手好菜。夏总老婆大约四十七八岁，身材保养得挺好，但这会儿面色灰暗，神情悒悒。她走到门口来，没让我进屋去。

我又问："阿姨你好，夏总呢？"

"不在家，出去了。"她轻声说。

"去哪儿了？"

"你是哪里的？"夏总老婆有点警觉。

我有些尴尬，但还是直说了。

"哦，也是来讨债的吧。你们银行不肯贷款了，他只好去外面弄喽。"她冷淡地说。

我又问："到哪弄？"

"不晓得。"

"车间停工了，怎么回事？"

"没钞票进材料，只好停掉喽。放心，钞票调头好，还是要开工的。生意做了这么多年了，不是说停就停的。"

顿了顿，我又问："那夏总什么时候回来？"

"不晓得。"

我不知道接下来该问些什么了，愣怔了几秒钟，就说："那好，谢谢阿姨，再见。"

上了车直奔银行。林姐已经向张行长汇报过了，我一回来，又带着我上四楼。张行长听我讲完，思忖片刻说："我也听到了一些不太客观的传言。不过就短时间停工这个事情，企业也有它一定道理的，所以暂时难以去判断。但不管怎么说，资金紧张的局面还没有缓解，这是肯定的。小马，接下来你就要格外警惕了，要多跑多关注，一有情况马上汇报！一旦贷款转为不良，肯定是要责任认定的，到时候是要对你作出处罚的！"

我连连点头，额头上又渗出许多汗。

## 9

连续两天，都打不通夏总的电话。焦虑慢慢积累，吞噬着虚弱的侥幸，我急得如同热锅上的蚂蚁。

第三天上午，上班没多久，我又过去了。到公司转了转，照样大门紧闭，安静无声，然后我就去夏总家。我想，早一点去，说不定就能碰到夏总，也许他还来不及出门嘛。

进了院子，又只见到红色马6，没有黑色沃尔沃，我心里有些沮丧，又是白跑一趟！但既然来了，还是打探打探。大门闭合，但开了一条门缝。我抬手敲了几下，等待着有人过来开门。果然，一会儿门轻轻地开了，露出来一张让我惊讶不已的脸！居然是夏薇。虽然过去足足两年了，她依然让我心跳加快。

我强作镇静地问："你哪天回来的？"

"昨天。"她轻声说，眼睛没看着我。她让我在客厅坐，给我泡了一杯茶，然后自己也在旁边坐下来。

坐下来后，我又问："回来飞机几个小时？"

她说："十多个小时，飞到上海的。"

"一定很累吧。"我说。

她说嗯。不再说什么。

此时此刻，我是思绪万千，心潮起伏，可是和她交谈却是困难的。我又偷偷看了她几眼，她头发留长了，原来是盖过耳朵的长度，现在扎了一把马尾。乌黑发亮的发色，脸容依然秀丽端庄，令我心动，可是这会儿她已被忧戚写满，还有一点疲倦之色。

沉默了一阵子，我说："你快毕业了吧？"

"没有，还有一学期。"

我有点不解，忽而就明白了，澳大利亚在南半球，季节和我们这里正好相反，好多事情也是反着来的。

"回来待多长时间？"

"不知道，我先请了三个月的假。到时候再说吧。"

喝了几口茶，我又问："夏总呢？"

"昨天回来过，今天一早又出去了。"

"去哪儿？"

"我哪知道……我爸现在心情不好，问他也不会说的。"

"你妈在楼上？"

"嗯。"

沉默了一会儿，我站起身来，递给她一张名片，说："夏薇，这是我的电话号码。三个月时间了，有空可以给我打打电话。"

她也站起来，说："你的电话我手机上还存着呢。"

她送我出去，来到院子里。虽是早晨，可阳光已经很热烈了，照在身上有一种结结实实的温暖。几只麻雀在葡萄架上跳跃，叽叽喳喳地欢叫。这个早晨，我本来心情郁郁，但因为夏薇的出现，竟有了几分快乐。

回去的路上，我沉浸在对往事的回忆中。啊，曾经的美梦！时隔两年，我可以客观地看待自己的这一份感情了，对她一见钟情毋庸置疑，但也要承认，潜意识里她家境的富裕对我也有着巨大的吸引力。谁不想荣华富贵呢！谁不愿意走一条人生的捷径呢！再说这样的事例现实中也不少见。

我有一个同事，也是客户经理，找了个造纸厂老板的女儿。我到公司部的第二年他辞职了，现在是那家公司的副总。但每个人命运不同，他成功了，我却没有成功，依然是个为生计打拼的普通人。

思绪回到现实中来，忽而我又心生感慨：生活真是诡异莫测！谁曾想到，夏薇会有这样的遭遇？对于她来说，就好像是从云端跌落到了地面，这变化实在是太大太突然了！我为之叹息不已，还有一丝心痛。

## 10

没有想到，事情的发展更加突然，更加让人吃惊！

也没有想到，夏薇真会给我打电话，虽然我也有如此期待。见到她后的第三天下午，四点半左右，我还在上班，手机响了。我摁下接听键，问："喂，哪位？"

"是我，夏薇，找你有急事！"声音带点哭腔。

我一惊，忙问："什么急事？别急，别急。"我握着手机，快步走出办公室，到了楼道，说："夏薇，什么事？快告诉我。"

"我爸爸被人绑架了！我妈妈晕过去了……我，我怎么办？"她抽泣着说。

"什么？！"我大吃一惊，很快冷静了说，"夏薇，我马上过来！"

我跟林姐打了个招呼，说有事提前走了，匆匆下去了，发动车子直奔夏薇的家。半个来小时后，我赶到她家。

　　进了门我看到，夏薇的妈妈在客厅沙发上坐着，头向后仰，靠在沙发背上。夏薇坐在她妈妈旁边，双手握着她妈妈的一条胳膊，眼泪汪汪的。她妈妈额头上敷着一块毛巾，眼睛微闭着。老奶奶坐在另一张单人沙发上，表情有些呆滞。客厅里的空调打开了，屋里屋外温差明显。

　　一看到我，夏薇说："我该怎么办？"她依然焦急，但从眼神里看出来有了一点缓和。

　　我说："先送阿姨去医院吧，其他的事在车上再跟我说。"

　　她说好的。征求她妈妈意见，她妈妈稍微好了点，说不要紧的，在家待着好了。我说还是去医院看看吧，夏薇也劝说。她妈妈没有力气，也就没坚持，任由我们架着出来了。夏薇跟奶奶交代了几句，关上门出来了。

　　在车上，夏薇告诉我，前天她爸出了一趟门，到台州那边去办事，昨天回来的，心情不太好。今天早上说接到一个电话，前阵子借了一笔高利贷，有几百万，人家来催讨了，约他去城里见面谈谈。九点半光景，他爸出了门，中午没回来。下午四点多的样子，她突然接到一个电话，说他爸在他们手上，欠着他们的钱，连本带利差不多五百万，叫夏薇她们二十四小时之内准备好现金，交钱放人！下一步明天上午九点再联系。不许报警，否则后果自负！接到电话，她妈妈就瘫倒了。

我一下子意识到了事情的严重性。这不分明就是绑架嘛！没想到，夏总不光借了老百姓的钱，居然还借了高利贷。但我再想也就不奇怪了，公司濒临破产，饮鸩止渴，什么事情都有可能做出来！那些村民的钱，拖着不还，他们最多就是来吵吵闹闹，而那些放高利贷的都是狠角色，什么手段使不出来！

我问："报警了吗？"

夏薇说："没有，电话里那人说，不能报警。"

"还说什么？"

"叫我们等电话。可是，我们怎么办？现在这个时候，哪里去弄五百万！他们会怎么对我爸呢？"

我宽慰她说："他们只为钱，不会干别的。先别急，给你妈妈看病再说。"

到了人民医院，我们将她妈妈送进急诊室。医生问病因，母女两个闪烁其词。医生诊断后说："没什么大事，体虚，血压有点高，有点心悸，挂点盐水配点药就好了。"夏薇陪着妈妈，我去挂号、结账、取药。夏薇要给我钱，我断然拒绝。

将近晚上七点钟，挂完盐水，我们离开医院。这时候我已经饥肠辘辘了，就说找个小餐馆吃点吧，可是夏薇和她妈说，一点没有吃饭的心思。我就送她们回去。到家，老奶奶已经煮好饭，简单烧了几个菜正等着。夏薇留我一块儿吃点，我也就不推辞了。饭桌上，大家都不怎么说话。

吃好饭，大家又坐到客厅里。我想到了一点事情，电话机上不是有来电显示的吗，就提议查看。那是一个手机号码，打过去，关机。想想也是必然的。我把号码在自己的手机上存下了。我问夏薇妈妈，知不知道夏总跟谁借过大笔的钱。她妈妈摇头说不知道。据我所知，她以前在荣达公司做过财务工作，好多年前就不做了，成为专职的家庭妇女。我又提议问问夏总身边的人，或许会有信息。她就想到了小梁，马上给他打电话。响了很长时间，小梁才接电话。夏薇妈妈直接问："夏总跟谁借过高利贷？"小梁也说不知道，然后问怎么了。夏薇妈妈支吾了一下，没告诉实情就挂了电话。然后，母女俩又陷入悲伤之中。老奶奶坐在角落里，也是一脸哀容。电视机没人去打开，客厅里弥漫着一种沉闷的寂静。我不安地坐在这寂静之中，心里又感慨起来：这个家，曾经是充满了欢乐的豪富之家，现在却被一种无助的哀伤笼罩着。尤其是夏薇的妈妈，经受了双重的打击，先是弟弟破产逃亡，至今杳无音信，紧接着又是自己一家遭难，甚至现在老公被人绑架！她内心承受的痛苦，非外人可以体会。后来我想我该走了，就站起身来，说了几句安慰的话告辞了。夏薇送我出去，一再表示感谢。我说："有什么事情，就给我打电话。"

她轻声说嗯，拭了一下有点湿润的眼睛。

夜渐渐深了，我在房间里上网，心神不宁，试着拨打了几次那个手机号码，均是关机。我想到了汪杰，这小子说不定接触一些这个圈子里的人，能打听到一些事情，就给他打电话。

我说："喂，在哪里？"

他说："电影刚散场，陪小姑娘去逛街。"

我说："有点事情问问你，你知不知道，有哪个放高利贷的跟荣达公司可能有点关系？"

他说："我哪知道，我跟荣达公司不熟，跟放高利贷的也不熟。"

"你那天不是说你是放炮子的吗？所以我以为你熟悉那个圈子！"

"嘿嘿，嘿嘿，那是哄哄人家的嘛，"汪杰在电话里笑道，"出不出来？还早呢，一起去吃夜宵。"

我说："那你玩吧，不出去了。"

晚上十点光景，我给夏薇打电话，问有没有最新消息。她说没有，带一点哭腔。我又问："你妈妈怎么样了？"她说已经上床了，刚刚还在哭。我说："还是报警吧。"她说不行的，她妈妈不同意。我说："别太急，等明天打来电话再说，说不定就是一场空担心呢。"

十一点半左右，我正打算上床，夏薇给我发来短信：我好害怕，睡不着。我回信：一切明天再说，先睡吧。她说：不好意思，打扰你了吗？我说：没有，反正一个人也睡不着。她说：他们会对我爸怎么样呢？我说：他们就是要钱，不想惹事的，再说这种事情总有线索，一查就能查到的，他们不敢怎么样的。她说：那我们只能等着吗？我说：看明天电话打来怎么说，肯定是谈条件吧。她说：但是我们现在拿不出那么多钱啊。我说：他们也就是逼一逼，明天说不定会讨价还价，最后拿到多少就放人了。她说：明天你有没有空？我说：我可以请假的。她说：那我有事就找你。我说好的。然后就停止了短信。我辗转反侧，过了很长时间才睡着。

第二天早晨，上班没多久，我就找了个理由出去了，直奔夏薇家。她见到我略微一愣，但表情看得出来是欢迎的。她妈妈和奶奶也都在，坐到客厅里等电话。时间非常难熬，幸好等得不长。九点刚过几秒钟，电话铃声刺耳地响起来了。夏薇几乎是扑过去接，我也跑过去，在她拿起话筒之前，迅速按下了免提键。

对方尚未出声，夏薇就喊："我爸呢，叫我爸接电话！"

电话那头沉默了一下，说："他就在旁边，没事。"

夏薇说："不行！我一定要听到我爸的声音！我妈妈生病了呢！"她几乎有点歇斯底里起来。

那头又是沉默，过会儿说："好的，让你爸跟你说几句。"

突然手机信号断了，夏薇愣在那里，话筒握了一会儿无奈放下了，表情有些紧张。幸好稍过片刻，电话又响了，夏薇立即面露喜色，大声说："爸爸，爸爸，是你吗？你在哪里？还好吗？"

那边说："没事。我也不知道在哪里。不过小薇，他们没对我怎么样，叫你妈妈放心。"

我听出来了，是夏总的声音。

夏薇又说："可是爸爸，钱怎么办？那么大一个数字……"

夏总说："叫你妈去借，能借到多少就多少。还有，千万不要报警！"

夏薇说："可是——"

话还没说完，那边可能发生了一点情况，电话又断线了。过了会儿，电话再一次响起来，就换成第一个声音了。他说："好了，相信你爸在我这里了吧。"

夏薇大声说："你把我爸带到哪里去了？"

对方说："不远的，就在城里。"

夏薇说："求求你们了，放了我爸吧，这么多钱我们实在拿不出来！"

对方说："不行，欠债还钱，天经地义，一分都不能少！照你爸说的去做，叫你妈妈赶快去借钱！"

夏薇突然哽咽了，呜呜着说不出话来。我示意她给我话筒，接过来后，我说："喂，这么大一笔钱，一下子怎么弄得好？你又不是不知道夏总现在的情况！"

那边愣住了，过了会儿说："你是谁？"

我说："你不要管我是谁，有事就好好商量，夏总的安全绝对要保证！"

那边说："这是我们之间的事情！你到底是谁？关你什么事！"

我看了夏薇一眼，静声片刻后说："我是银行的。夏总也欠我们的钱，但是我们可不会像你们这样，采用下三滥的手段！"

那边也沉默了，过了会儿说："叫夏薇听电话！"

于是我把话筒还给夏薇。电话那头问："他怎么会在？谁跟他说的？"

夏薇说："他自己过来的，来找我爸。我们没跟谁说过。"

那边说："叫他不要乱说，不许报警，否则会对夏总不利！"

夏薇连忙说："哦哦，知道了，一定不报警！"

然后对方又说："好了，叫你妈想办法去借钱，傍晚再跟你们联系。"然后电话就挂了。

知道夏总还安全，母女俩神情稍微有些缓和，但短时间要筹好这么大一笔钱，几乎也是一件让人绝望的事情。一会儿，夏薇妈妈说，她出去借借看。说走就走，她先上楼去换了件衣服。我跟夏薇说："我们怎么办，难道坐着干等？"

夏薇说："那你说怎么办？我爸也说不能报警。"

我想了想说："如果贸然报警，怕他们得知了会将人转移，或者采取极端的手段……不过，如果确定是在城里，估计是在哪家宾馆，也不会是大宾馆，我们可以去找找看！如果有了线索，那就可以报警了！"

夏薇有点心动，又有点忧虑，说："那万一他们知道了……"

"我们去找他们又不知道的，找到了才报警啊。那你打算怎么办，给他们五百万？"

"不可能的，我们哪里拿得出来！"夏薇沮丧地说。

"那好，与其没办法坐着干等，还不如去碰碰运气！反正你妈妈也去借钱了，大家分头行动。"

夏薇被我说动了。一会儿她妈妈下楼来，匆匆忙忙出门去，开着那辆红色马6。我们站起来，看着她出了院门。然后，夏薇跟奶奶说了几句，我们也出门了，上了车往城里而去。开出一小段路，我又想到一件事情，连忙提醒夏薇，然后马上掉头回家，找了几张夏总的照片。

半小时后我们进了城。过了进城的第一盏红绿灯，我一下子又感到有些茫然起来了，城里大宾馆不多，但小宾馆比比皆是，到哪里去找呢？夏薇说："我们就从这一块开始，一家一家找。"我说好的。

看到路边就有家小宾馆，我就将车开过去停在门口，然后两个人下车走进去。总台上的那名服务员，大约十八九岁的女孩子，看了我们一眼说："钟点房还是过夜？"

夏薇有点脸红。我忙说："不开房。"

服务员有点眼神怪异地看着我们。我说："我们打听点事。"我把照片拿出来，递给服务员，问："这个人有没有在这里住？"

服务员仔细看了看，说："没有。"

我说："好的，谢谢了。"回头往外走。

后面几个地方，我就让夏薇留在车上，我一个人进去。有一家服务员愣是不肯告知，说什么人住在这里是保密的，除了公安谁都不能来查。其实我也知道她是对的，只好作罢，去其他几家靠着嘴甜脸笑，倒是都回答我了。其间，林姐给我打来一个电话，问我在哪里，怎么还不回去。我怕话多漏嘴，就临时编了个理由，说我妈妈进城看病，我正陪着她呢。过了会儿又有一个客户打我电话，接完电话后，我干脆将手机关了，省得心烦。跑了一个多小时，找了十几家小宾馆，东面一小片城区都找遍了，可是没有任何收获。我既累又热，身上出了不少汗，也不禁有点泄气了，对自己的想法产生了怀疑。

我说："到底在不在城里，我们也没法确定。"

夏薇愣了愣，说："那你说会在哪里。"她依然还想坚持，脸上满是忧戚的表情。她一直在车上，汗倒是没有，但内心的焦灼肯定甚于我。

看看她的表情，我又怎能放弃？想了想，我说："先吃点东西吧，然后继续找。不管怎么说，总比干等着好受。"

其实，我已经很饿了。我开车到了附近一家肯德基旁边，停好车，和夏薇一起走进去。找了个安静点的位置坐下来后，我去点东西，鸡块、汉堡、薯条、饮料之类，不是套餐，足够两个人吃。在排队的时候，我看到她在打电话，估计是打给她妈妈吧。她没什么胃口，我劝她尽量吃点。她一边吃，一边跟我说了些近期家里的事：公司陷入困境后，父母亲压力实在太大了。银行方面还好，暂时没有动作，但是人头上借的那些钱，大部分又是本村的，论辈分叫叔叔伯伯婶婶的都有，上门来讨钱口气就难听了，尤其是那些女人。又说，还有一个镇里的干部，好像是副镇长，曾经跟她爸爸关系很好的，也给予很大帮助的，他有一些钱，可能数字还比较大，放在夏总这里拿利息的，前几天逼得比谁都凶！甚至在电话里威胁，如果拿不到，会让夏总死得很惨！虽然实际上，这些年他拿到手的利息早就已经超过本金了。

我不禁唏嘘感慨，真是芸芸众生，皆为利益，利益共享

　　　　　　　　　　　　　　　——到南方分手

时是朋友，利益冲突了就变成了敌人。我想，会不会就是那个主持协调会议的副镇长呢？公开场合说一套，背地里又做另一套。真是墙倒众人推，有时候主要还是被众人推倒的呢。总而言之，夏总运气不好！

我问："你妈那边怎么样？"

夏薇说："刚打过电话，她出去跑了几个地方，借到了一些，但是连家里所有的钱加起来，也还不到两百万。她说下午还要出去。"

我想，她妈妈应该是把私房钱都掏出来了吧。然后我说："夏薇，有这点钱，说不定能叫他们放人了。"

"但是他们要五百万啊，还远远不够呢！"夏薇又要流泪了。

我说："跟他们实话实说，有多少先给多少。估计他们也不敢怎么样的，因为毕竟高利贷是不受法律保护的，而且往重里说绑架还是性质严重的刑事案件……当然我的想法是，如果有线索，还是报警好，就把他们交给警方去处理，接受法律的制裁！"

夏薇有点犹豫了，过了会儿咬牙切齿地说："这帮可恨的家伙！"

然后，我们又聊了几句别的。我问她远在澳大利亚怎么会知道家里的事情，她说开始她也不知，夏总也正常给她汇款，后来和一个初中女同学在网上碰到，对方无意中透露了一点情况。她再去问妈妈，终于得知了。本来她刚放完冬假，开始新的学期了，但听说后哪里还有心思读书呢，就请了长假回来了。

我无意安慰，只好沉默。

吃好东西，小坐片刻，我们出来了，然后就决定跟上午一样，一家一家地打探。我们一口气跑了一大片城区，又问了十几家小宾馆，依然毫无收获。午后的太阳愈加猛烈，晒在身上有些发烫，我手臂上的皮肤已经变成紫红色了。说实话，这时候两个人都有点泄气了。夏薇很着急，又很无奈。她看着我，欲言又止。我知道她是在征求我的意见，毕竟这主意是我出的，也主要是我在打探。

我说："夏薇，这样也不是办法，也许根本就不在城里呢。"

她说："那会在哪里呢？"

"猜是猜不到的……只能等下一个电话了，走一步看一步。"

夏薇沉默了一会儿，说："那就回去吧。"

时间其实还早，才下午两点半过一点。开车回去的路上，夏薇坐在副驾座上，一句话不说，我也不出声。公路上车子很少，我将车速开到了接近八十迈。快要到黄公望村口时，我将速度慢下来，然后到路口往左边转了向，朝着村子后面的公园方向开去。这公园我来过，其实我没心思游览景点，夏薇也根本不会有心思。我只是想，在这么酷热的天气下跑了大半天，找个清凉的地方待会儿，静一静心。

夏薇有点不解，问："去那儿干吗？"

我说："反正回去还早，那里凉快，歇会儿。"

很快车子开进公园。公园新建不久，暂时还不收门票。因为是盛夏八月，又是一天当中最热的时段，偌大的景区内，几乎见不到一个人，十分安静。一路开进去，但见游廊草地，绿树翠竹，溪水潺潺，鸟鸣啾啾。一会儿就到了景区的终点，也是最主要的景点，即传说中元代大画家黄公望的结庐隐居地。就是在这里，已届七十高龄的他创作出了后来举世闻名的山水长卷《富春山居图》。这几年政府倡文化、搞旅游，在这里建造了一些旅游设施，考证古墓，重修故居，开辟为一个旅游景点。

故居建在一座小山脚下，背靠大块的山岩，涓涓小溪流过屋前。几株大树在院中挺立，树冠葳蕤，犹如华盖，笼罩出一大片阴凉。我在院子门口的空地上停下车，熄了火，摇下车窗。车子一直开着空调，虽有凉意但空气不好，而这里外面的空气也是自然凉爽的。我们也没下车，安静地坐在那里，也不说话。一会儿我打开了收音机，本地的 FM100.40 交通频道，刚好在做一档点歌栏目。我想这寂静太沉闷，不如有点声音。

一个打工的小伙子，打进电话去，给一个女孩点歌。电台DJ声音柔柔地说了几句，为她播放了一首陈慧琳的《记事本》——翻开随身携带的记事本／写着许多事都是关于你／你讨厌被冷落／习惯被守候／寂寞才找我／我看见自己写下的心情／把自己放在卑微的后头……

接着，又有一个女孩子打进电话去，为她感情有了裂隙的男朋友点歌，莫文蔚的《盛夏的果实》。DJ还是开开玩笑，声音柔柔地说了几句话后，为她播放那首歌——也许放弃才能靠近你／不再见你／你才会把我记起／时间累积／这盛夏的果实／回忆里寂寞的香气／我要试着离开你／不要再想你……

我认真地听着。我想，这歌词写得多好啊，爱情犹如盛夏的果实，这比喻多么贴切。我要是那个男孩子，说不定就被感动了呢！突然我有了一个想法，就打开车门，走了出去，到不远的地方站住，打了个电话，然后回到车上。我看了夏薇一眼，没说什么，依然静静地听着。电台里放了一段广告，然后DJ说，刚才有位巴先生打进电话来，给一位姓夏的女孩点歌，此时此刻女孩就坐在这位先生身边，但是她心情不好，现在请听歌。音乐柔柔地响起来——

思念是一种很玄的东西

如影随形

无声又无息出没在心底

转眼吞没我在寂寞里


听着王菲天籁般的歌声，我心潮起伏，感觉胸腔里的那颗心柔软无比。我记得今年情人节后的第三天，和施小青在时代影院看夜场，情人节那天上映的新片《我愿意》，李冰冰、孙红雷主演的。那个时候我还以为我们会结婚的。影片快结尾处，女主的前男友带着她到一个他们谈恋爱时曾经到过的地方，两个人追忆往昔，感慨今日，这时候音乐就洪亮地响起——我愿意为你我愿意为你／我愿意为你被放逐天际／只要你真心拿爱与我回应／什么都愿意／什么都愿意为你……当时看电影时，我还觉得有点矫情、生硬，但此时此刻，我却觉得这首歌是我心情最好的表达！千言万语，尽在歌中！

一段音乐后，歌声继续响起——


我愿意为你我愿意为你

我愿意为你被放逐天际

只要你真心拿爱与我回应

什么都愿意

什么都愿意为你

我什么都愿意

## 什么都愿意为你

一种迸发的激情让我眼眶湿润，但忍住了没流下来。我偷偷注意夏薇，发现她眼中已经有了一点晶莹。我伸出手去，轻轻握住了她的手，又轻轻一拉，她就慢慢地将头靠在了我的肩上。就这样我让她靠着，心潮澎湃，柔情万丈。歌声结束了，又过去了好几分钟，我依然让她靠着，安静地靠着。我甚至庆幸施小青对我的背叛，因为这样我才有了另一个开始的可能，我还甚至庆幸夏总遇到了困难，因为只有这样，他的宝贝女儿，骄傲的公主，才有了可能接受我的怜爱和呵护。

就这样静静地让她依靠着。过了一会儿，她的手机突然响了。是她妈妈打来的，问："小薇，你在哪里？"

她说在回去的路上。她妈妈叫她赶紧回去。她着急地问："什么事？""你回来再说。"她妈妈说。

我立即启动车子，往她家而去。到了夏薇家，只见她妈妈在客厅里坐着，老奶奶没在。一见面，夏薇着急地问："妈，什么事？来电话了吗？"

她妈妈站起来，不说话，看了我一眼，说："到楼上去跟你说。"夏薇也看了我一眼，然后跟着母亲上楼去了。

我在沙发上坐下来，心里想，总有些事情是不想为外人知的吧。

起码过了五分钟，她们下来了。我想问，但不便开口。夏薇走到我边上，说："谢谢你了！你忙了快一天了，也该回去了吧。"

　　"没事的，"我说，"怎么了？情况怎么样？"

　　"我妈在跟他们商量，没事了。"

　　"那他们什么时候放人？还有，给他们多少钱？"我有点惊讶。

　　"那还在商量，不过没事了……具体我不太知道，我妈会跟他们联系的。"夏薇说，表情看似轻松一点了。

　　"真的没事了？那就好，谢天谢地！"我高兴地说。

　　我还是有些奇怪，可是也没多想，只是觉得，这会儿还不走也许有点不合适了，就站起来告辞。夏薇送我上车，说了好几次谢谢。

　　我看着她说："有什么事给我打电话，任何时候。"

　　她点点头，说嗯。

　　我有一点感觉，她看我的眼神，似乎跟以前有点不一样了，有了些温柔的东西。

## 11

　　第二天早晨，我刚进办公室，林姐就大声叫道："马克，你进来一下！"

　　我愣了一下，朝她那边走去。

"你昨天都在干吗？一整天都关机！"她脸色有点阴沉。

　　我忙说："哦哦，不好意思……我手机没电了。"急中生智，我撒了个小谎。

　　"张行长两次打电话找你！他很着急的，问你这几天到底有没有再找过夏总！"

　　"我是在找啊！"我有些紧张了。

　　"那找到了没有呢？"

　　"没有……"

　　"我看你对这件事情不够重视！张行长有点发火了呢，说你这种态度做事，不适合再当客户经理了呢！"

　　我有点慌了，愣了愣说："林姐，夏总出事了——"

　　"什么？出什么事？"她瞪大眼睛看着我。

　　"夏总……夏总被人绑架了！"

　　"什么？！"林姐刷地站了起来。

　　接下来，我就向林姐作了汇报，也不是全部内容，只是大致的过程。

　　林姐听完，马上说："走，跟我去找张行长，马上向他报告！这么重要的事情，行里应该马上采取措施！"

　　我说好，奇怪地有一种如释重负的感觉。我本来不想说的，之所以说出来，一方面是因为紧张、害怕，另一方面，我心里还是认为，绑架这种事情，最好还是让公安介入来

　　　　　　　　　　　　　　　　　到南方分手

解决。

好了，这个夏天的故事快要讲完了，而接下来的事情，更加出人意料，更具戏剧性。

我们银行通过律师报了案，公安立即介入，其实案情很简单，很快就有了结果。结果却让人大跌眼镜！原来，这是一桩夏总自导自演的绑架案！后来我听说过程是这样的：因为讨债的人太多，夏总被逼无奈，想出了这个馊主意。他到外地出差，买了一款会变声的手机，回来后又叫上外甥小梁做同伙，让小梁在小摊上买了一张手机卡，然后两个人躲在一个山庄里导演了绑架这出戏。夏总的用意，就是要叫大家知道他被放高利贷的人绑架了，所有的钱都用来赎身了，这样就能应付一下其他的债权人。而第二天下午，因为夏总老婆打电话给小梁，问他一些事情，小梁没经验，加上胆小，支支吾吾，最后就露馅了。所以当时在我面前，夏薇和她妈妈就有了一些反常的表现，只是我想不到会是这样，就没有觉察。

报案后的下午，案子就破了。当天晚上，我试着给夏薇发了条短信，但她没回，我也没有再发，我知道已经不可能再奢望什么了。

因为涉及假案，夏总先被拘押。然后各家银行闻风而动，纷纷采取措施，民间债权人也找上门去。据调查统计，荣达公司事实上已经资不抵债，银行贷款几千万，除了我行，在各行都有土地厂房设备作抵押，民间借款至少还有一千五百万，完全就是白条子。我行第一个做了资产保全，好歹抓到了一点主动权。政府还想保它，但估计很难，可能最终会进入破产清算的法律程序。而夏总本人，至少涉及非法集资、偷税漏税两宗罪，外面在传言，他弄不好会被判几年实刑。对于荣达的倒塌，很多人想不通，而实际上，最近几年荣达公司一直在亏损。夏总本以为能在房地产上大赚一笔，就大肆举债维持着这个摊子，没想到最终把他拖进了财务黑洞。不过，也有人说，夏总说不定早已转移了好几千万资产了，在澳大利亚置了业也有可能。

至于我，那笔贷款终于被划为了不良，待公司清算后按比例偿还。听林姐说，估计会损失30％左右，这对于银行数字不大，对于我却是个天文数字。我不知道最后会给我怎样的责任认定。而在事情最终处理好之前，我将一直承受着压力。

不久，我听说夏薇离开了，飞赴澳大利亚。不知道她毕业之后，还会不会回来。

好了，我的故事终于讲完了。我将永远记着生命中的这一个难熬的夏天、感伤的夏天。

无处可逃

# 一、逃亡

## 1

星期六的早晨，乔燕和马永波赖了一会儿床。三十五六岁的人了，照理也不该像年轻人那样贪睡，因为总是有一些家里家外各种事情需要处理，感情上也不像年轻夫妻那么黏糊了。但对乔燕来说情况有点特殊，一是昨晚上她把儿子送到了老妈那里，二是她和马永波刚好上没多久。确切地说，他们好上才两个星期，所以彼此还有一股子热乎劲儿，虽然都是过来人。这方面肉体的表现最诚实，昨晚上做了一次，早晨醒来竟然又做了一次，好似年轻人一样。

九点光景，乔燕起床。进了卫生间，先方便，后刷牙。刷好牙，她推开内卫的门，人站里面，问："你今天做什么？"

马永波还躺在床上，懒洋洋地说："中午有个朋友叫我吃饭。下午带丫丫到她奶奶那儿去，晚饭也在那里吃吧。"丫丫是他的女儿，今年八岁，父母离婚后判给爸爸，但事实上经常跟妈妈住在一起。他在税务局上班。

"哦，酒少喝点！"

然后，她开始洗脸，用洗面奶慢慢地洗。她双手按在面颊上慢慢地摩挲，因为不赶时间，她很享受这样一个过程。突然房间里响起手机铃声，听声音知道是她的。而她只顾洗脸，就让它一直响着。直到马永波说："你来接一下呀。"她才匆匆抹了把脸走出去，拿起手机一看，是一个陌生的固话。

乔燕接了电话说："谁？"语调微含不快。她在一家房产公司上班，做财务，周末双休，但有时候也会接到一些烦人的电话，如领导要求加班，哪个熟人或不怎么熟的人咨询房产问题等。

电话里那人说："乔燕，你在哪里？讲话方不方便？"

有些莫名其妙。是个女人，声音是熟悉的，但一时摸不着头脑。她又问："你是谁？"

"苏丽娜。"声音有些低，有些急促。

原来是她。她们是多年的小姐妹了，从初中就认识了。有些奇怪，她怎么不用手机打？还用那样的口气。乔燕说："在家里，你讲。"

"旁边没人？"

她下意识地看了一眼，马永波进卫生间了，门关着。她说："嗯。"声音也压低了。

苏丽娜说："你马上出来，开车，到我们家门口，我等着你！"对方几乎是不容分说的口气。当然，她也有这个资格，她们曾经是非常要好的小姐妹嘛，而且她一直来也关照乔燕，譬如那个韩国牌子的洗面奶，就是苏丽娜去韩国旅游带回来送给她的。

乔燕有些踌躇，因为本来要去她妈那儿了，下午还要带儿子去学小提琴。儿子九岁，上二年级，学小提琴快三年了。对方感觉到了，说："帮帮我，就算是求你了！"

话说到这个份上，怎么拒绝？于是乔燕道："好的，我马上过来。"

接下来她匆匆弄了下脸，梳了下头发。临出门乔燕对马永波说："我出去了。等下你记得关门。夜里联系。"

"什么事？"马永波问。

"单位里有点事。"她说。

苏丽娜家住万科公望，位于城郊的一个豪华楼盘。大约二十分钟后，乔燕开着红色的马6到了小区门口。门卫看了一眼，马上放行。是啊，气质那么高雅，不说冷艳，至少是颇有几分姿色，有什么好怀疑的呢？车进去后驶上一条甬道，很快就能看到苏丽娜家的房子，一栋联体别墅的东面部分。虽只来过几次，但印象深刻。拐过路口，她果然看见苏丽娜站在别墅门口，探头朝这边张望。一些花花树树，在这个四月的晴天里，肆意生长或者绚丽开放，把别墅周围

　　　　　　　　　　　　　　　　　　到南方分手

的环境打扮得美不胜收。乔燕停下车，苏丽娜快步走过来，坐进副驾驶室，然后说："开到我们家车库。"她有些奇怪，但还是依言而行。他们家有两个车库，分别放一辆白色的宝马敞篷和一辆黑色的丰田越野。乔燕开进去的车库，里面自然没有车子，边角堆放着一些杂物。

乔燕熄了火，问："什么事？"

苏丽娜却没说。车进去后，她摁动遥控钥匙，将车库门降下一半。乔燕有些紧张起来，看苏丽娜也是神情带几分紧张，脸色有点灰暗。可平时她是既漂亮又能干，什么场面没经过，什么浪头压不住？何以至此呢？

她正要再问，苏丽娜说："乔燕，帮忙把戴军带到临城。"戴军是她老公，也是阳州市下辖的实力最强的阳城街道的主任。

乔燕愈加疑惑，"怎么一回事情？"

"讲不清的。有人要弄他，暂时避一避。"

于是她有点数了，愈加紧张。苏丽娜又说："我们的车不方便，只有你比较合适。"

乔燕想，应该是吧，父母姐妹怎么可以？而她们是小姐妹，关系好，但又不是特别密切，当然合适。

"戴军呢？"

"马上下来。你们马上出发。"

说话间，戴军就闪出身来了，灰色夹克，蓝色牛仔裤，还戴了一顶米色的鸭舌帽，手拎一只黑色提包，不是办公那种，是旅游那种。她有些发呆。然后戴军走到边上，说："不好意思，要你帮这个忙。"

乔燕机械地说："没关系。"

苏丽娜推开车门，走出去。同时戴军拉开后门，坐进来，在她的正背后。戴军说："你有导航吧？"乔燕说有。"那你就导航临城富华大酒店。"乔燕问清了是哪两个字，然后在导航仪上输入。

苏丽娜说："好了，你们走吧，一路顺风！"

车库门往上升起，乔燕点火，发动，轻踩油门开了出去。而这时候她已经基本理清思路了。她想，戴军当然要这样打扮，因为这是逃亡嘛！她有些意识到事情的严重性，但已经没有办法改变。她想，苏丽娜选择她还真是选对了！她离异，社会关系简单，还有，她跟戴军曾经有过恋情。甚至她的车子也很合适，因为玻璃的膜颜色比较深，从外面看里面一团幽暗，不正适合携带"逃犯"吗。

开出小区大门，便是过境公路。乔燕想，临城怎么走？这个相邻的县城，她去过一次，不熟。导航仪上可选国道和高速。国道她开过，中途还有一个收费站，但路线较短，高速倒是要绕一下，但时间可能差不多。她目不斜视，问："怎么去？"

戴军说："走高速好了。"

乔燕想，也是，高速可能更安全。

她靠路边略作停顿，重新设置了一下导航仪。然后，就朝最近的高速入口开去，不到十分钟的路程。

她把着方向盘，说："怎么回事？"从后视镜里，能看到戴军小半张脸。

戴军说："官场上的事情，你知道，很复杂的。我被人家举报了，根本没有的事，说我怎么怎么了。"

"那就让他们查好了。"

"哪有这么简单的！人家要弄你总能弄出事来！"

乔燕沉默。她心里想着，他从一个普通公务员起步，到党政办、副镇长、副书记，然后是镇长，不容易啊，而且前途看上去一片光明。怎么会这样？当然他的成功跟苏丽娜家大有关系。当年，她父亲就是阳城街道的书记，后来升了阳州市副市长，再后来是人大常委会副主任，前几年生病死了。要不是苏丽娜，他可能还跟自己生活在一起呢。唉，如果那样，他现在又会怎么样，自己又会怎么样？——唉，往事不堪回首！谁也无法预测没有发生过的现在！

沉默了一会儿，她又问："打算怎么办？"

"先避风头，再想办法。"戴军说。

乔燕想，是啊，苏丽娜有钱，有门路，一定会想办法的。如果她爸还在，就不会这样了吧。官场上的事，既风光又险恶。

车子右转，过了一座桥，很快就上高速了。快到收费站，戴军突然说："一会儿你窗不要开太大。"

乔燕说哦。

她慢下来，到栏杆前停住，摇下一半窗，伸出手，接过一张卡，然后轻踏油门，同时摇上了车窗。她从后视镜里瞭了一眼，发现戴军故意往后靠，压低身子。其实，根本看不见的，他是太小心了。但他当年是多么大胆啊。她突然想起来那一幕——她下了班，走出单位大门，惊喜地发现他等在路边。然后他带她去了一家江边的小饭馆。在饭桌上，他目光含情地看着她，大声说："乔燕，我喜欢你！"她二十三岁的心激越地跳动着，幸福得有些晕眩，却又有些惊慌失措——似乎是一眨眼，这么多年就过去了！乔燕感慨万千。她感觉脸颊有些发烫，但心跳再不会似往昔了！

车子以一百一十迈的速度奔跑着。两边的景色有些单调。在乔燕的脑海里，往事一幕一幕回放。她和苏丽娜是初中及高中的同学，很要好。她家境普通，苏丽娜家境好，但不影响她二人的关系。大学她读了财会，苏丽娜考了自费的文秘。后来她分到一家商场，苏丽娜进了新成立的执法局。这个时候，她和戴军认识了。戴军比她大三岁，老家在乡下，大学毕业，被分到审计局。他们很快有点谈恋爱的样子了，但因为矜持吧，又不是很公开，当然两个人也没有太多的亲热。但后来她带戴军跟苏丽娜在一起玩，浑然不觉中，戴军就暗暗跟苏丽娜好上了。有一天她和戴军说好傍晚去江边散步，但到了约定的时间戴军没出现，她就去他的宿舍找，竟然发现他和苏丽娜在一起！戴军追过她这事苏丽娜是否知道，她不是特别清楚，但苏丽娜也猜得到吧！她记得那一天她特别愤怒，特别伤心。之后差不多有大半年她没跟苏丽娜来往。她也很快找好了对象，对方是商业局的，并先于他们结婚。苏丽娜生了小孩后，就辞了职，自己开珠宝店。她家里有几间门面房，又是独女，家产全归了她。她倒是适合做生意，很快打出一片天地。然后，她们又交往起来了，偶尔在一起玩玩，吃吃饭，不是特别亲密，但也不生疏。她俩婚后的情况很不同。苏丽娜和戴军都很顺当，一个生意越做越大，一个官越当越大。而她呢，跟老公关系一直疙疙瘩瘩。老公后来辞职，自己做生意。她也从商场出来，去了房产公司。老公倒是赚了一些钱，但心不在她身上，时有花花草草。两人终于感情破裂，拖拖拉拉地于半年前总算离了婚。儿子说是归老公，但又经常丢给她管。她有点不甘心，甚至在考虑打官司争夺抚养权。

戴军突然说："你现在怎么样？"

"就这样子，一个人过！"乔燕在心里赌气地说：你怎么今天才来关心？

"我也是听苏丽娜说的，唉——"

乔燕忧愤地想，你又何尝关心过我！她跟苏丽娜在一起玩，或者各自带着小孩一起玩，他很少在场的。当然他忙嘛。就是偶尔在一起，两个人也很少交谈，谈的也是场面上的话，似乎两个人都刻意回避一些什么。乔燕愤愤地想，自己跟老公感情不和，其实很重要的原因就是老拿戴军来对比，实际上，自己心里从未真正放下过他，而他呢，从未关心过自己！

戴军说："你应该再找一个——也好，还能尝尝谈恋爱的味道。"

乔燕往镜子里看了一眼，他竟然笑了一下，心里想，这个时候了，你竟然还有笑的心思！她生气地说："当然啊，难道叫我独自一人！"

"哦，当然不是。你年纪这么轻，独自一人干吗？我是在劝你再谈一个呀……小孩归谁了？"

她跟马永波的接触，苏丽娜并不知情，所以戴军也不知情。但是她也不想让他知道。她说："两个人都要。我还在争取。"

戴军说："想通点，还是归他算了，这样你找对象也好找点，反正总是你的儿子。"

这话跟马永波说得简直一模一样。看来男人总是自私的！乔燕不搭茬。这个时候的高速公路上，车辆不多。一辆大货车开在中间道上，速度又比较慢，压得她很难受，她就加大油门从左边超了过去。她专注地开着车，不说话了。

她不开口，戴军也沉默。

狭窄的车厢里，弥漫着一种微妙的气氛。乔燕突然又想起来一件事情。那是他们刚认识不久的某个星期天下午，戴军请她去老街上的电影院看电影。当时，坐在黑暗中，她突然感觉到自己的手被另一只温热的大手握住了，心如鹿撞，赶紧用力抽了回来。后来不知怎么她又把手放过去了，可戴军的手却不伸过来，她心里好失望。好在电影快结束的时候，他终于把手伸过来了，轻轻地压在她的手上，而这回她没有缩回，在幸福的心跳中把电影看完。从过道里随人流涌出电影院时，他们的手还牵着，但是一到外面，她就立即把他的手甩脱了。他请她吃饭。她红着脸对他说："下次吧，今天我要回家吃。"他目光温柔地看着她，骑上自行车回家去……唉，往事涌现，不胜感慨。乔燕想，自己确实也曾恨过他（那是因爱而恨），但一直还是认为他是个正派的男人。后来他做了官，也是个正派的官员。那么，何以至此？于是突然地，悲伤涌上她的心头，她有一种他是"落难"的感觉！接下来的时间里，她依然一言不发，兀自伤感着。

快到临城了，戴军说："你送我这个事，千万不要跟人说！"

"我会这么笨？"乔燕说。

"万一有人问，你要想好说法。"

"不会的吧？"想了想，乔燕又说，"好的，我有数……

到底怎么回事？"

"你晓得越少越好！"

她想也是，就不问了。

过收费站时，她又只摇下半个窗，递出一张五十元纸币，找回来十五元。她又注意到，戴军往后压了压身子，头还往下低，虽然是戴着帽子的。下了高速，就是进城的路，她不熟悉，但好在有导航。几分钟后，驶过一个十字路口，城市的繁华就在眼前了。她问："到哪里？"

戴军说："按导航开，到了再说。"

临城比阳城大一点，市中心同样的人稠车密，看上去高楼大厦比阳城多一些，本来它的经济、人口规模就比阳城大一点。在车水马龙中穿行了一阵，他们抵达导航目的地富华大酒店。那是一幢二十几层幕墙玻璃黑森森闪光的大楼，估计起码是四星级。她将速度慢下来，寻找开进去的路，一边说："到了。"

没想戴军说："继续往前，一会儿第一个路口右转，再五六十米到。"

乔燕说哦，就又踩了油门。往前开，到了那个地方，发现是一个小区的门口。小区看上去有些年头了，地段好，但房子有些陈旧。阳光十分耀眼，小区里房子外墙是明黄的颜色，四周点缀着花草，呈现一派温馨之感。她在大门附近停下车来，看了看仪表盘，十一点三十五分，从出发到到达大约花了一个小时二十分钟。戴军推开门，拎着包走下去，鸭舌帽压得很低。他原先是瘦高个，现在有点发福了，在地面上投下一片魁梧的影子。乔燕本来想问，跟谁碰头？但想到还是知道得越少越好，就不说了。

戴军低着声说："乔燕，谢谢了！你可以回去了，路上小心一点。还有，什么都不要说！"

她说："哦，那你保重！"然后开动了车子。她从右侧的反光镜里看到，戴军进了小区大门。开到前面一个路口，她想，还是原路返回好，于是就调转车头。突然地她感觉到眼眶酸涩，泪水有些模糊了眼睛，就抽了一张纸巾擦拭。

过了富华大酒店，她忽然感觉到肚子很饿，非常饿，这时候才想起来，原来早饭都还没吃呢。又往前开一小段，她就停下来，找了家路边小面馆吃了一碗面，然后踏上回程。

## 2

回来开得快一点，下高速不到一点钟。乔燕想，给苏丽娜打个电话吧。手机拨通了，可对方马上就挂掉了。她有些纳闷，旋即就明白是自己傻了。她回自己家去。到了楼下，正在停车，手机响了，一看是上午的固话号码。

苏丽娜问："怎么样？"

乔燕道："安全到达。"

"好，谢谢，谢谢。有事再联系吧。"

"嗯。"

然后她上楼去。感到有些疲劳困倦，洗了把脸就躺下休息了。这房子协议离婚时给了她，面积稍小，九十来个平方米，位于市中心的一个老小区，五层楼的三楼。如果跟马永波再婚，房子倒不是问题，他也是将住的房子给了前妻，自己现在跟父母亲住着，但还有一套尚未装修的大宅。马永波叫她到时候把这边房子卖了，这个她可没想好，一则住久了对房子有感情，二则谁知道跟马永波结局一定会是怎么样。自己有个窝，万一生变好歹不会太凄惨。

睡梦中突然被手机铃声吵醒，一看是老妈打来的。接起来，她老妈说："你不是说下午要带小浩去学小提琴的吗？都几点钟啦，怎么还不来接！"

她一看时间，已经三点十分了！心里一激灵，睡意顿消，赶紧起床，脸也不洗了，冲下去，开车直奔老妈的家。倒是不远，但接到儿子已快三点半，而原来约好就是三点半赶到学琴老师那里的。好在老师家离老妈家也不远，顺当的话开车不需十分钟。在文教路上，过一盏红绿灯，前面车子排得长长的，乔燕只好老实地等在后面。绿灯亮起，车流往前走，可一会儿红绿灯就跳出"9"字，开始倒计时了。按正常情况乔燕冲不过去了，只好再等90秒，但她看到前面有车子突然斜刺里冲出来，借道右转道快速往前。她抬头一看，被树枝部分遮挡着的指示牌上果然标着"前方绿灯，可以借右转道直行"，于是就心里骂着车太多，一脚油门斜刺里冲出来，想赶在绿灯熄灭前过线。本来应该是来得及的，却不料后面冲上来一辆出租车，她心说不好，车头已经"砰"的一声擦上出租车的车身了。她连说真倒霉真倒霉，只好停下来了，啥事也不能做了，反正出租车司机也不会让她走了。她下了车。出租车司机已先下来了。车祸一出，害己也害人，后面的车子都只好绕着走了。乔燕心烦意乱地察看了几眼，她右边车头油漆刳去一大块，还有点凹陷，而出租车左侧身子有一条长划痕，伤情都不算严重，可处理起来够麻烦。出租车司机骂骂咧咧，埋怨她抢道。耽搁了人家做生意，心情不好可以理解。乔燕不胜厌烦，也不去搭理。其实，她知道自己刚才不光抢道，还有一点心神恍惚，确实怪不了出租车司机，虽然他速度也太快了一点，不过出租车司机都是这个德行！而儿子又在车上哭了，她就更加厌烦。出租车司机是个黑瘦男青年，叫她赶快拿主意，还说不用报案，赶紧给他五百块钱了事，报案会影响第二年的保险费的。乔燕也不太懂，以前都是前夫在办理，好像是有这么一说，可又不知道自己会不会吃亏。出租车司机当然最好拿钱了事，但自己的车也得修啊，不能被他忽悠。突然她想到了马永波，就马上给他打电话。他吃了一惊，说马上过来。这样她就安下心来了，脑袋里也清醒些了。她不管司机骂骂咧咧，坐进车去，给小提琴老师打了个电话，告诉她路上出了点事，要迟一点赶到。老师说好的。这样老师或许可以有别的安排，而她迟一个小时也没关系。打好电话，又安慰儿子。而出租车司机在外面无比烦躁，又无可奈何，车上本来有一个客人，已经下车走了。司机也掏出手机打电话。乔燕想，不管他了，让马永波过来处理，该怎么就怎么。十分钟不到，马永波开着他的黑色凯美瑞赶到，然后一切就交给他了。乔燕带着儿子，走着去老师家，本来就快到了，最多三四百米。

乔燕在老妈家吃了晚饭。饭后，又把儿子留在这里。老爸老妈应该是有意这样的，哄得小浩开心，让他留下来，其实是为她和马永波创造条件。父母亲对马永波还是比较满意的，希望他们能成。平时儿子主要还是跟着乔燕，休息天父母亲就给她分担一点。想到父母亲，乔燕心里既歉疚，又有暖暖的感觉。晚上七点多回到家，敷着面膜，坐在沙发上看电视。半个来小时后马永波也来了。

乔燕问："车子呢？"

"我直接开去修了，明天下午好拿。"马永波说，"怎么回事，怎么会碰上的？"

于是乔燕说了一下过程。

"你也不是新手了，开车还这么不小心。"顿了顿，马永波又说："你今天去过哪里了？"

————————到南方分手

乔燕说："没去过哪里啊。"

"到底有没有去过哪里？"

乔燕一愣，心里想，怎么回事？突然想到，可能是那两张高速收费单子吧，她随手塞在了车门上的小储物格里。她说："哦，对了，去了一趟临城。怎么啦？"

"没什么，随便问问。我看到那两张收费单子了。"

哦，果然是，乔燕想，难道他怀疑什么了？好在她面膜底下的表情，他无从看到。其实她也是个直性子的人，不善于撒谎。

马永波也在看电视，过了会儿又问："平白无故，去临城干什么？"

"怎么平白无故？单位里有点事，叫我去一趟。"

"哦，是不是早上那个电话？"

"是啊。"

马永波就不说了。他们目前的关系，本来就还没到那一步，即什么都可以过问的那一步。马永波是个聪明人，认真地处理着这种关系。

一会儿躺到床上，乔燕突然想起什么，问："那个出租车司机，赔了他多少？"

马永波说："五百。不过你自己修理费还要六百。全部归保险了，私了就吃亏了。所以，有时候不能听他们的，他们只想着自己。"

乔燕说:"嗯,是啊。"

她穿着丝质的睡衣。马永波摸了一把,眼神里有些不一样的成分了。马永波比她大一岁,个子中等,长相也算不错,就是有点啤酒肚了。而自己比他前妻漂亮多了,又是刚好上,所以他对那事儿还有点儿贪。唉,不过中年再婚,总是女人更多不顺,能跟他成也算是老天保佑了。她迎合了他的欲求,也把自己带到销魂的边缘。

一会儿,完事了躺下来,她忽然觉得心里面酸酸的,还有点儿疼痛着。

## 3

星期天上午一起床,乔燕先去把儿子带回来了,检查作业,洗洗弄弄。中午娘俩随便吃了点。下午三点钟光景,乔燕又把儿子带到老妈那儿,自己打的去修理厂,取回了车子。车子倒是焕然一新,一点看不出来伤痕。

开着车快到老妈家附近,马永波的电话打来了。他说:"戴军出事情了,你晓不晓得?"

乔燕一愣,说:"不晓得。什么事情?"

"什么事情还不明朗,反正已经在传了,听说人已经逃掉了。"他又具体说了一下:好像是在国道线改建这个项目上出的事情。有个老板厂房拆迁,赔了几千万。戴军好像卷入其中了,运用权力多赔给了那个老板几百万。现在被人举

到南方分手

报了。当然怀疑他也收了好处。

乔燕问："查清楚会怎么处理？"

"如果属实的话，肯定是要判刑了，受贿数额大的话，弄不好要关好多年。"

乔燕心里一惊，车子靠边停下了，又说："那我给苏丽娜打个电话问问看。"

"打什么电话！这种事情叫她怎么回答？还有，敏感时期，对我也不利的！"

马永波知道她跟苏丽娜是小姐妹，但不知道她曾经跟戴军是恋人。还有，他在单位里是科长，近期有希望提副局，所以说也是敏感时期。

乔燕说："晓得了。"但心里面想，哼，这人真敏感，跟你有什么关系？再往深想，倒是说明他对自己很在乎，希望早点确定下来。

她说："晚饭呢，你在哪吃？"

"我有事，在外面吃了。"

"那我也去我妈那里吃了——哦，车子开回来了。"

"哦，还好吧？"

"还好。那晚上联系。"乔燕按了电话，又开动车子。今天晚上，马永波就不过来了，因为儿子在家嘛。

吃好晚饭，乔燕带着儿子回家了。早点哄他上床，自己也早点睡觉，明早六点半得起床，给儿子弄早饭，然后送他去学校。

晚上到家七点不到。刚打开电视机看了一会儿，手机响了，一看，是个固话。接起时她就有点预感，虽然号码不是原先那个，果然就是苏丽娜。看来是换了一个地方打了。

她说："乔燕，你在哪里？"

"刚到家，从我妈那儿回来。"

"哦，实在不好意思，要你再帮下忙。"

"什么忙？"

"他在那里嘛，生活用品也没有，帮我带点过去。"

乔燕有些愣。

苏丽娜继续说："我也晓得有点过分，但没有办法。"

乔燕说："小浩在这里。"

苏丽娜说："要不再到你妈那里去放一下吧，九点多就能回来了。"

愣了愣，乔燕说好的。

苏丽娜又说："等会儿你不要到我家，等我电话。"

接下来，乔燕又带着儿子下楼了，还把书包也带上了，索性今晚让儿子住老妈家了，明天一早由老爸送去。这样的安排以前也有过，不多。儿子不乐意，她就哄他明后天带他去吃牛排，儿子很喜欢吃这个。到了老妈家，老妈莫名其妙，她就说小姐妹临时有要事叫她出去，会很晚回家的。

从老妈家出来，一会儿就接到了苏丽娜的电话。她们在

到南方分手

一个小路口碰了头。苏丽娜双手合抱一个包，黑乎乎的，不太大。等她上了车，乔燕说："丽娜，事情我也听到了。"

苏丽娜问："谁说的？"

"你不认识的。"

"都是乱说！那么大一笔钱，如果不是王市长点头，他敢签字的？现在都弄到他头上来了。唉，晦气！"苏丽娜恨恨地说。

乔燕说："总会弄灵清的。"她想，王市长，哪个王市长？本市好像有两个姓王的副市长，一个是常务副市长，另一个好像是分管城建什么的，她在一次房地产活动上看到过。看来果然事情复杂，戴军也有难言之隐，或被利用，或遭诬陷。乔燕心里唏嘘不已，这更让她加深了戴军是"落难"的认定。

苏丽娜脸色阴沉，说："我早就说过，当官没意思的！"

乔燕没出声。但她想，当年你还不是很欣赏他，说他有当官的潜力！当然这话不是当着她的面说的，是从别的小姐妹那里传过来的。

然后苏丽娜拍了拍怀中的包，说："就是叫你把这个带给他。"

乔燕问："什么东西？"

"换洗衣服。"

"他不会自己买的？"

"他会买什么呀，还不都是我给他买的。"

然后乔燕想，自己真的有点幼稚，现在这种状况，戴军怎么可能出去买东西？她问："我怎么找他？"

"反正时间差不多算得牢。你现在出发，我叫他一个钟头二十分钟后，在原来那个地方等着。如果你先到，你就等一下。"

乔燕说好的。苏丽娜下了车，又回头向她摇了摇手，落寞地走进一团幽暗里。乔燕猛踩一脚油门，出发了。

依然走高速，大约五十分钟后出了收费站，然后进城。夜晚灯火通明，城市尽显繁华。郊外一点，开车还比较顺畅，一进市中心，几乎就是车顶着车蠕行了。乔燕有些做梦般的感觉，有一丝害怕，又有几分激动。还有，一点凄凉，一股昂然。

终于到了那个小区门口。乔燕停下车，刚要计算时间，窥到有个戴帽子的人走过来，看轮廓就像是戴军。果然是朝着她走过来了。到了近边一看，正是戴军。他坐进副驾驶室，略微一笑，说："不好意思，又叫你跑一趟。"

乔燕说："没关系。还好路不远。"

"但我还是很过意不去。"

"这两天你怎么过的？"乔燕问，小心而仔细又看了他一眼。戴军眼神有些闪烁，似乎不愿意跟她对视。他脸色镇静，可气色有些不太好。这也是可想而知的。

戴军说："就待在房间里。"

"宾馆还是住宅？"

他一愣，又浅笑一下，"这个还是不告诉你好。"

"外面已经在传你的事了。"

"肯定的。"

"那你打算怎么办？去说说清楚？"乔燕在情感上实在不愿意相信他有事。

"还没想好，过一日算一日了。"

乔燕突然鼻子一酸，眼睛里有些模糊。她真的是很难受，她觉得他好可怜！她几乎有一种很想抱他一抱的心情。这个时候，如果戴军说：乔燕，留下来陪我吧！她一定会义无反顾地留下来的，先过了今天再说，明天如何也不知道。就是跟他亡命天涯，也许她也愿意！

戴军问："带来的东西呢？"

"哦，在后面。"她从伤感的梦幻中惊醒过来。

戴军探身拿过那个包，然后说："好，那我走了——你回去好了，夜里开车小心一点。"说完，他推开门，跨开步子，头也不回地往小区里走去。

乔燕的眼泪扑落落地掉下来了。

4

星期一晚上，乔燕和儿子在自己家里。儿子的作业在她办公室里就做好了，回家就是吃饭，看会儿电视。八点半左右，儿子被哄到了床上，她就敷上面膜，在客厅沙发上坐下来，将电视机声音调低。一般晚上九点半，她也上床睡觉。

坐下没多久，马永波打来电话。他如果不过来，每天晚上都会打来电话，汇报一下行踪。确实，他表现得不错。

马永波说："乔燕，戴军已经被抓了，你晓不晓得？"

什么？乔燕吃了一惊，身子往前一仰，面膜差点滑落。她说："怎么回事？你昨天不是说逃掉了吗？""是逃掉了，就逃到临城。不过，听说今天下午投案自首了。"

"投案自首？逃了干吗还要投案？"

"逃得掉的？！"

"晓得逃不掉，那干吗还要逃？"

马永波说："我也不晓得为什么。不过，听说也够厉害的，本来周六下午纪检委要采取行动了，没想到他老婆上午就带着他逃出去了。这两天时间，谁晓得做了什么，比如串供，想好对策——还有，当时没抓住，他这一投案还可以被说成是自首，可以减轻罪行的。唉，反正这个东西最复杂了！"

乔燕不出声。缄默了片刻，马永波说："你跟他老婆是小姐妹，你那天又去了临城，到底跟这事有没有搭界？"

"没有！人家当官的，我一个小老百姓，搭什么界！"

她突然对马永波有一种厌恶，虽然知道是关心她。

"是啊，最好别搭界！"

然后马永波说了几句别的，就挂了电话。乔燕只觉得耳朵边嗡嗡响，也没听进去什么。放下手机，她傻愣愣地坐着。她想，还好，苏丽娜没有牵扯到她！然后，她又哀伤地想：是啊，在这个世界上，什么游戏，包括一切感情的游戏，都不能触及法律的红线。

## 二、同情

### 1

何莹说："你不要唠叨了，到底去不去？"

杨国锋嘟囔了一句："不是很想去。"

"那好，你不去拉倒，我独自去。"她快步走出去，脸上是有些生气的表情。

杨国锋愣了一下，说："好好，跟你一道去。"去还是不去？他是在认真考虑，因为本来跟人约好了要去水库钓鱼的。但看到老婆脸色愠怒，只好妥协了。

他们从房子里出来，来到院子里。他们家房子很大，自己造的三层式别墅，总有四五百个平方米，并且前有院子，后有菜地，面积也都不小。这是城市边缘的村子，又靠着山边，环境也不错。杨国锋开了一家小公司，主营中央空调，何莹在银行上班，所以虽不是大富大贵，但日子过得还算安逸。城里还有一套一百多平方米的房子，结婚前买的，住了七八年，现在出租着。杨国锋是本村的村民，所以前年批了地基造了房子。

夫妻俩上了车，何莹开车，杨国锋坐副驾驶座。这是一辆灰蓝色的马5，日本原装的，平时就由何莹开。杨国锋开另一台——别克君威，这会儿就停在车库里。平时杨国锋比较忙一点，但周六日尽量从业务中脱出身来，陪老婆儿子或者自己出去休闲。用他的话说，虽然不是大老板，但比较有境界。儿子十岁了，读小学三年级，平时夫妻俩都接送，就看谁方便了。这天是周六，早上起了床，何莹就把儿子送到了城里的外婆家。

出了院子，是一小段斜坡路，过一座桥，就到大马路了。何莹说："出了这种事，总应该去看一看的嘛。否则，人家会怎么想，以为你一点人情味没有！"

"看不出来你还很有同情心！"杨国锋说，有点揶揄的口气。

"当然喽。人总是有同情心的。"

"还同情？你这个人一点正义感都没有！是活该，谁叫他做贪官的！"

何莹白了老公一眼，"那是运气不好吧。现在当官的有几个不贪？给你当官，你也贪！"

————————————————— 到南方分手

杨国锋说："我不会贪的，如果像他们本身条件这么好！"

何莹无语了。是啊，听到那个消息她也很震惊，而且想不明白，戴军竟然会是个贪官，而且被抓了！消息是四五天前听到的。戴军先是潜逃，逃到隔壁县城，两天后又主动归案，所以不会是冤枉。据说，事情是出在国道改建上。有个老板厂房拆迁，戴军签字多赔给了他几百万，他自己至少也贪了几十万，说不定上百万呢。本来他仕途看好，四十岁不到就已经是街道办主任了，而且是在最有实力的街道，未来不可限量。真没想到啊，忽然就出了事情。何莹一边开车，一边想，苏丽娜是开珠宝店的，本地最大的珠宝店，挣的钱可不少，戴军犯得着去贪污吗？但是又听说，戴军有一个情妇，他把贪来的钱好多给了情妇。情妇也是开店的，服装店，当然实力跟苏丽娜不可比。因为出身，因为成功，苏丽娜一直是个强势的女人，戴军在外风光，在家里不见得。这样仔细一分析，他的行为也就有了一定的合理性。本来，戴军就是靠苏丽娜上去的。他一个山里孩子，虽然能干，但命运也不一定能够厚待他。当初他跟苏丽娜结婚时，苏丽娜父亲就是阳城街道的书记，后来又升为副市长、人大常委会副主任，而与此同时，戴军也从一个小科员，一步步爬到现在这个位置。虽然苏丽娜的父亲退休没几年就病逝了，但戴军也已经有了一定的根基。唉，怎么就突然出事了呢！何莹一直想去看看苏丽娜，但是找不好措辞，前天她拨通了电话，苏丽娜却拒绝了。想想也是，她哪有心情接听呢。又过了两天，她觉得还是该去看看，不能拖下去了。

苏丽娜家住在城市东郊，万科的高档楼盘。何莹家在西北面，穿过小半个城市，大约二十来分钟可以抵达。此时中午两点光景，路上车辆不多，几乎一路畅行。

进了城，何莹说："不管怎么说，我们是这么好的小姐妹！"是啊，她们是高中同学，关系一直要好，可以说是最亲密的小姐妹。

"这么好的小姐妹？前年造房子，跟她借钱，怎么个结果？"杨国锋口气钝钝地说。

何莹脸有些红了。是的，当时开了口，想借十万，自己也以为没问题，但苏丽娜说马上要开一家分店，进货什么的要投下去很多钱，无能为力。当时自己确实有点生气。但这会儿她说："这也不好怪她，确实是开了一家新店嘛，她自己还向银行贷款了呢。"

杨国锋"去"的一声，又说："戴军贪了这么多钱，随便借你点好了，可就是不肯！"

何莹换了个话题："不管怎么说，待我们鹏鹏还是不错的吧。"

杨国锋就不说话了。确实，这点他没法反驳。苏丽娜生

到南方分手

的是女儿，刚好跟自己儿子同年，两孩子从小就经常在一块儿玩，一起报名练游泳，练滑冰，两个大人带着小孩去。苏丽娜素来就很大方，常常就帮何莹交了钱。还有几次两家一块儿出去旅游，也沾了她不少光。有时候何莹难为情，想补偿一下，她就大大咧咧地说："算了吧，我比你总是有钱一点！"后来，苏丽娜女儿读了私立的寄宿学校，自己儿子读公立的，在一起玩就少一点了。自己儿子也不是读不起私校，而是没考上，又不想托关系。

过了路口，前面一辆车一个急刹，何莹差点碰上。她低声骂了一句，从旁边绕过去，狠狠地瞪了那个年轻男子一眼。

杨国锋说："反正，当官的贪我就觉得可恶！本来收入就不低了，还要贪，贪的都是我们老百姓的血汗钱！"

何莹道："我又不是去看戴军，是去看苏丽娜。至少应该表达一下同情。"

"他们是夫妻，还不是一样的！"

这时候，车子右向绕过一个小广场，广场上有一个老乞丐盘腿坐着，前面摆了一只铁碗。杨国锋手一指说："喏，你要同情，应该去同情这个乞丐！"

"昏话！"

"怎么是昏话？他年纪这么大了，又穷，才是真的值得同情。当官的出事情那是罪有应得！"

何莹乜他一眼，恼怒地说："不跟你说了。再烦你下去！"

杨国锋这才闭口了。

## 2

出了城，又过了隧道，来到东大道上。车子加速，一会儿就到了小区门口。这是一个小城的富豪区，全是排屋和别墅，最差的排屋也要四五百万，别墅千万起步，据说三期带超大私家花园的别墅要两三千万。苏丽娜家是一栋排屋，其实就是联体别墅，地上三层地下一层，面积比较大，当时房价一千多万，当然是按揭的，做生意的人哪会一次性付清呢，哪怕有这个实力。何莹想，这房子以后怎么办？他们还会住在这不？再想，她的生意正常，应该没事的。

大门进去是漂亮的甬道。正值仲春，两边的树枝繁叶茂，空地上点缀着艳丽的花朵。一栋一栋房子，灰黄色的，外墙石料干挂，很漂亮，看上去不新，但似乎永远不会旧。车子一直往前开，到了苏丽娜家前面停下来。大门和车库门都关着，不知道里面有没有人。

何莹按门铃。没有反应。

杨国锋说："可能不在吧，白跑了。"他手上拎着一袋水果，刚才在路上买的。

何莹说："再试试，白跑就白跑，又没多少路。"

杨国锋嘀咕："本来我应该已经在水库边了。"

何莹白他一眼，再按一次门铃。她听到了脚步声，回头轻轻说："有人。"

稍后门轻轻地开了，苏丽娜探出头来。"是你们啊。"她说，语气轻轻的，表情淡然。

何莹说："是啊，来看看你。"

苏丽娜把门开大，说，"进来吧……还买什么水果呢，家里都有。"

何莹笑笑说："这个给你吃，我们再吃你家的。"

两个人低头换鞋时，苏丽娜说："不要换了，随便点好了，反正家里也乱。"

何莹说："不好吧，你们这么高档的房子，还是换了好。"于是，她像以前一样，换上了拖鞋。其实，苏丽娜家里好像是比较乱，至少客厅是这样，茶几上摊着一些水果和干果，以及水果皮和干果壳，地上也有一些杂物，好几天没搞卫生的样子。还有，苏丽娜本人，穿着睡衣睡裤，头发有点乱蓬蓬的，脸色不太好。

他们在沙发上坐下来。杨国锋将东西放在茶几上。苏丽娜问："喝什么，茶还是咖啡？"

何莹说："随便。"

杨国锋道："茶好了。"

于是，苏丽娜泡了三杯绿茶。何莹喝了一口，感觉茶叶非常不错。本来苏丽娜就是特别讲究生活品质的，家里的布置也非常讲究。说起来，这间房子面积还不如他们家大，但装修费用是他们家两倍不止。

苏丽娜打开了电视机，也坐下来，说："刚才在楼上睡觉。谢谢你们来看我。"

何莹道："早就想来了，可是……"咬住了后半截话。

苏丽娜不说话。她脸色倒还算平静，只是有明显的倦容。何莹想，她已经经受住了最初的打击，然后应该有点接受现实了。

何莹说："真是想不到！"

苏丽娜说："是啊，谁想得到。这个是天灾人祸。"

何莹问："现在戴军人在哪里？"

"我也不是很清楚，算是双规了吧。"

愣了愣，好像是为了打破沉默，何莹问："双规是什么意思？"

杨国锋接口了："就是在规定的时间和地点把要交代的问题说清楚。主要是针对当官的。"

何莹说："是吗，看来还是我们小老百姓自在。"

杨国锋说："你不当官，当然不知道当官的好！反正当了官，都想爬上去。"

何莹白了杨国锋一眼。因为听说戴军落马就是跟竞选有关的，他想竞选副市长，所以有人搞他了。

　　　　　　　　　　　　　　到南方分手

苏丽娜摇摇头说："其实当官一点没意思的，人吃力，人家还盯牢你，动不动举报。"

看来传闻并非空穴来风。但何莹想，当年你不正是看他有当官的潜质才嫁的？现在出了事情才后悔了呢。

一阵沉默。喝茶，吃水果，看电视，内容丰富，却又有些无聊。气氛有些压抑。一会儿，何莹问："安安呢？"

"在她姑妈家，一早就接走了。"

戴军有个妹妹，在卫生系统工作。把孩子带去也是应该的，这阵子苏丽娜哪有心思带呢。对孩子真是一种伤害。何莹心里有些难受，有点同情心泛滥。

她又问："那么，他们有没有找你？"

"怎么没有？"苏丽娜说，"反正我现在也不好随便出门，随时要接受传唤。"

"那店呢？"苏丽娜有三家店了，一家旗舰店，两家分店。

"店照开，反正有经理的。"

"哦。"何莹说。

又是一阵沉默。杨国锋感觉到有点尿意了，便起身去卫生间。出来后，发现客厅里没人了。这两个女人去哪儿了呢？他有些疑惑。屋子里很安静。他凝神细听，听到旁边一个房间里传出来说话声，很小声的。他轻悄地往那边走了几步，发现门打开一条缝，声音听得更清楚些了。他有些好奇，更加竖直了耳朵，但没有走到门口去。苏丽娜和何莹继续在小声说话。因为没有听到开头，杨国锋没法完全领会，但听到了房子、银行卡这两个字眼。然后，里面说话声停止，突然响起了脚步声，他就赶紧往外移了两步，头朝向墙面，装作在欣赏一幅抽象派油画。

两个女人从房间里走出来。何莹说："那我们走了。你心情不好就打我电话，我来陪你。"

苏丽娜说："好的。"

夫妻俩走到门口，再次换鞋。苏丽娜说："谢谢你们了！"

何莹说："应该的，应该的。"

杨国锋点了点头，说："想开点，既然事情已经发生了。"

苏丽娜送他们到门外。上车，发动，何莹说再会。苏丽娜也摇摇手说再会。车子往前开动，一会儿拐过了弯。

## 3

车开出小区大门，来到大马路上，杨国锋说："你们刚才在小房间里谈了些什么？"

"没谈什么。"何莹说，把着方向盘。

"我听到房子什么的，你不要骗我了！"

"是没什么嘛，随便谈谈。"

　　　　　　　　　　　　　　　　到南方分手

"那干吗要躲起来？不对，一定有事情！何莹，你脑子清醒点，戴军现在是罪犯，你跟他们搅在一起，到时候要倒霉的！"

他注意到老婆的脸色起变化了。车速也随之慢下来。他又说："你在国有银行上班，弄不好到时候要受影响的！"

车子突然靠边停了下来。何莹脸色有点发白，看着老公说："我也没想到——是谈了点事情。"

"什么事情？"

于是何莹就说了。原来，这事儿从起头到现在已经有三个多月了。某天，苏丽娜把何莹叫去，说帮个忙，她看中了两个铺面，想买下来，但自己不方便，怕有人说三道四，就叫何莹帮她出面，也不是马上就买，是预订。何莹当时问："为什么不叫你妈出面？"苏丽娜当时说："我妈身体不好，基本上不出屋了，到时候办证什么的麻烦事一大堆，还是不叫她算了。小姐妹当中，想来想去，还是你最可靠！"话都这样说了，何莹怎么好拒绝？就由她出面交了定金，办了房子的预购手续。实际上，那房子能卖还要大半年，可开发商说好的商铺都定出了。

"这么重要的事情，你怎么不跟我说？"杨国锋气呼呼地责问。

"我想有什么要紧，又不是真买，挂个名而已！再说，钱也是她出的，和我一点都不搭界！"

"哪个位置？"

何莹说了。

"价格呢？"

"好像是两万吧。"

杨国锋说："那个地方绝对值三万！还不是利益输送嘛。开发商得了好处，回报当官的！你看，当官好不好？当官就有得贪！"

何莹沉默。

"她刚才跟你说什么？"

"也没说什么。就是叫我不要跟任何人讲。买房子的事可能会有变化，她会去跟开发商谈。"

"定金付了多少？"

"好像是二十万。我也不是很晓得。反正，她不讲的话我都快忘记了。"

"你真是个猪头，被他们卖了都不晓得！"

何莹木着脸，不说话。然后，杨国锋又说："走，去看看，是怎么样的房子。"

于是，车子继续开动。进了城，去往城北路。一会儿，何莹说："就是前面，路口的两间店面。"

过了路口车子靠边停下。他两人没下来，摇下窗看了会儿。当时何莹因为好奇，也来看过，是位置最好的两个铺面，将近三百个平方米，前面人行道十分宽敞，绝对是开店的旺铺。苏丽娜之前说，到时候可以自己用，也可以出租。这会儿，大块的玻璃上贴着"小心"两个字，还画了一只眼睛。楼还没结顶，屋顶上矗着巨大的塔吊。

杨国锋说："这个地段，少说卖三万。人家两万就拿了，而且只需二十万就把千万元的房产预订下来了。唉，老百姓罪过。到时候查起来，你就是帮凶！"

何莹说："那怎么办？"

"你自己看着办，反正跟我没关系。"

"有你这种老公的！"

"有你这种老婆的？你当初又没我跟讲！"

何莹有点紧张了。杨国锋又说："别急，吓吓你的，这个没什么大不了的，你完全是蒙在鼓里的——不过从现在开始，不要再参与了！"

"我哪里还敢？"何莹说。

"我刚才还听到银行卡这三个字。怎么回事，你老实跟我讲。"

何莹一愣，说："好吧，我老实跟你讲。"

于是，她就全招了。原来，苏丽娜叫她帮忙，查一查戴军给了那个小情人多少钱。现金查不到，银行转账有痕迹。她拿出一张纸条来，说是苏丽娜刚才交给她的，上面写了一行数字，那是戴军的银行卡号，正好就是她所在银行的，还有一个人名——林雅，就是戴军情人的名字。

杨国锋看了看，说："名字蛮秀气的嘛——这个是纪委和检察院干的事情啊。"

"她也很想知道嘛。"

"那你查不查得到？"

"这个应该没问题的。"

杨国锋说："这个女的，在哪里开店，你晓不晓得？"

何莹说晓得。

"去看看，怎么样一个人。"杨国锋笑道。

何莹就又发动了车子。那女的她没见过，刚才也是第一次听苏丽娜说起。其实，她也有点好奇呢。苏丽娜已经很漂亮了，戴军找的情人会是怎么样？当然戴军是领导，外表又很潇洒，他的情人应该也不错的吧。

那是一家男装店，开在江边，好像叫精品男装。车子转弯，到了滨江路上，果然找到这么一家店。有两间门面，看起来比较高大上，估计生意应该不差。

何莹停好车。杨国锋说："我们装作买衣服，进去看看。"

何莹说："她是老板娘，不一定在的。"

"反正试试看嘛。"杨国锋推开了车门。

两个人一起进去。店里有三个女人，都是二十来岁。其中两个肯定是营业员，穿工作装，深蓝色的连衣裙，袖口还带着花边，挺洋气的，都在整理衣服。另一个坐在收银台后面，脸朝着电脑，黑色长发扎成马尾，露出一个白皙饱满的额头。

等他们走近了，收银台后面的女人抬起头来，露出一个职业性的微笑，站起来说："来看看衣服？"

杨国锋说嗯。

何莹瞄了一眼，发现她很漂亮，长圆脸，五官精致，皮肤白净，穿一身黑色套装，气质很好，二十四五岁左右。

一名营业员放下了手头活儿，走过来。杨国锋装作看了一圈，然后对漂亮女人说："你是老板娘？"

漂亮女人浅笑着，说是的，起身从收银台后面走出来。何莹发现，她身材也很不错，个子一米六五左右，圆润，挺拔，女人看了都要羡慕，更不要说男人了。

杨国锋说："老婆，你帮我看看，觉得这件怎么样？"他指着一件浅蓝色夹克衫说。

漂亮女人往前一步，笑吟吟地说："这件颜色跟你很配，可以试试看。"

何莹道："这种款式，你不是有的吗？"确实，杨国锋给自己买衣服挺豪爽的，家里衣服一大堆。但主要是他看这女人的眼光有点热辣辣的，让何莹很不爽了。她也算是略有姿色，可是这会儿站在这个女人面前，毫无自信。

杨国锋也感觉到了老婆的不爽，就说，"好好，听你的，那就算了，不买了。"

两人掉头往外走。那名一直插不上嘴的营业员，略微鞠躬，说欢迎下次光临。而那个漂亮老板娘，也就是林雅，脸上没什么表情，转身走向收银台。

回到车上，杨国锋说："嗯，确实蛮漂亮的，看上去还比较清纯！"

何莹道："纯你个头，一看就是个骚货！"

"不晓得结婚了没有——戴军这个家伙，这么好的女人都被他弄了，判上几年也值得！"

"你也欢喜吧？你们男人真是恶心！"何莹说着发动了车子。

"呵呵，"杨国锋笑道，"男人嘛，看见漂亮女人谁不想？只不过我只能想想，人家不会看上我。"

"哼哼，谁晓得你是不是光想想。"

因为已经下午四点多了，接下来他们就去了何莹老妈家，吃晚饭。儿子已经在外婆家待了大半天了。

## 4

吃好饭，聊天，看电视，坐到八点来钟，一家三口回去了。到了家，儿子已经有些困意，应该是白天玩累的缘故。何莹就给儿子擦身洗脚，哄到床上睡觉。儿子单独睡在旁边一个房间，一年多了已经习惯。然后何莹去洗澡，出来后穿上一套黑色丝质有些镂空的新睡衣。杨国锋是第一次看到老婆穿得这么新潮，瞟了几眼，笑着说："你今天蛮性感的嘛。"

何莹发觉他的笑里有些淫邪，说："早就买了，一直没穿而已。这还是跟苏丽娜一起买的呢，去年夏天，一人一件。"

然后她催杨国锋也去洗澡。杨国锋很快就洗好了，穿着三角短裤走出来。这时候，何莹已经斜躺在床上，身上盖一条薄被，看着电视。

杨国锋上了床，冷不丁说："哎，你说那两间店面，反正是由你出面预订的，到时候干脆我们买下来，怎么样？"

何莹瞪他一眼，说："这个总不好的！"

"有什么不好的！到时候定金还给她。反正他们也不缺这个。"这些年何莹买下的店面是有几个了，两家分店都是自己的店面。

"那她会怎么说我！到时候朋友都没得做。不好的，不好的！"何莹摇着头。

"管那么多干吗？这样的机会可不是天天有的！买下来，以后都是给鹏鹏的财产。"

何莹狐疑着，纠结着，说："真买下来，钞票你拿得出来？"

"靠按揭呀。首付去借点。我觉得可行！"

何莹说："可是我跟开发商又不熟，都是苏丽娜在谈的。

便宜又不是给我们占的。"

"怕什么，有协议，有凭证，他要耍赖到时候可以打官司！"

何莹不说话了。电视里一对男女在海滩上走路，说着卿卿我我的话。她想，这怎么可以！然后又闪念，如果真能，那真是天上掉下个大馅饼！以前想也不曾想过，但现在无法不面对这样的想法了。可是钱呢，这么大一笔钱，怎么去弄？杨国锋说得轻巧，真要筹好是困难的！还有，开发商呢，如果人家只认苏丽娜，怎么办？打官司也不是那么简单。还有，关键是苏丽娜，以后怎么面对她？她想得头都痛了。这时候，杨国锋突然叹了口气说："唉，真要做起来，也没那么容易！"

"是啊。"何莹说，倒是有了一种解脱般的轻松。她想，老公可能也跟她一样，刚经历了一番内心的斗争。

"唉，其实我们才是值得同情的！"杨国锋说。

何莹起先有些不理解，但忽然就有所领悟了——是啊，老天爷把这么一个纠结的难题抛给了他们，让他们头脑发胀，心神不宁，难道不是值得同情的吗？愣怔了片刻，她苦笑了一下，又摇摇头，说："嗨，别去想了！早点睡觉！"

杨国锋说是，但他那只手，不知什么时候开始，在温柔地抚摸她了。隔着丝质睡衣，何莹感到有点麻酥酥的痒。一会儿，两个人都有感觉了。何莹温软得像一摊水，杨国锋就开始航行了。何莹闭着眼睛，听到杨国锋说："当官真没好东西！就像戴军，道貌岸然的，可实际上贪钱玩女人！你还要同情他们！抓牢活该！"

她感觉到他在渐渐爬升。她突然睁开了眼睛，却发现杨国锋闭着双眼，一脸扭曲的兴奋。她骤然有点恶心，心想：这个死东西，说不定正想着那个林雅呢！

### 三、疼痛的心

#### 1

她姑妈打电话给他的，说她出事了。

蒋永杰心里一凛，沉默了片刻，问："什么事？"

"小雅跳楼了。"

什么！虽然他已经对出现什么都不再惊讶，但还是十分惊讶。

理由无须解释，她姑妈就简单讲了一下经过。出了那个事后，林雅就感觉到自己没脸见人了，尤其是蒋永杰打了她一耳光，又把家里的东西砸了后，她的神智就有点崩溃了。店是没心思管了，她回了老家。没想到，爸爸妈妈也是打她骂她，叫她不要回家，说没脸见到她了，就当没她这个女儿吧。她就又回到了城里，然后当天晚上就在住的地方跳楼了。幸亏楼不高，只有四层，她掉下来又落在绿化植物上，一只脚断了，身上有擦伤，真是不幸中的大幸！

她姑妈讲话的时候，蒋永杰心里冷冷的，好像是在听一个与己无关的故事，虽然有点强压着情绪。听完了，他说："林老师，这个跟我还有什么关系呢？"

林老师愣了一下，叹口气说："永杰，我知道是我不好，不该把她介绍给你的，但我以前真的不知道啊，只觉得你们两个人很配，哪想到……"

"我不怪你。"蒋永杰平静地说。

"怪不怪你都听我说一句，去看看她吧。"

"看看她，为什么？"

"我晓得你心里难过，但是她毕竟是喜欢你的嗷。以前是走错路了，她自己也后悔，否则也不会这样做了。你去看看她，对她也是一种安慰吧。"

沉默了半晌，蒋永杰说："林老师，我明确地说，林雅跟我已经没有关系了，我也不会去看她的！"

"哦，这样——"林老师考虑着措辞，很不甘又很无奈的样子。

蒋永杰道："我还有事了，林老师，那就这样吧。"

林老师是林雅的姑妈，又是蒋永杰的初中数学老师。十多年前她三十来岁，现在一直还在老家那所乡村中学教书。蒋永杰高中考到县城里读，后来又读了警官大学，毕业后自然就做了警察，分在城西派出所，工作五六年了。他谈过一个对象，没成，因为对象嫌他太忙。其实他长得很不赖，将近一米八的个子，浓眉大眼，仪表堂堂。当然也有女孩看中他，主动追他的，可他自己又没感觉。半年前，林老师突然打电话给他，说要给他做介绍人，女方是自己的侄女。其实他跟林老师多年没联系了，她是辗转找到的号码。侄女二十五岁，比他小四岁。二人初步了解了一下，就约在一家咖啡馆见面。而这一见面，蒋永杰立即就被林雅吸引住了。林雅不光漂亮，气质娴静，人又能干。她老家也在乡下，跟蒋永杰的老家分属两乡，但挨得很近。她大学毕业，读的是旅游专业，毕业后在酒店工作了一年，然后就自己开服装店了。现在这个社会，对职业的要求不像以前了，开店也挺好的，而且她似乎还比较成功，比一般的上班族强多了。蒋永杰很是喜欢她，从心底里升上来一种幸福感，几乎觉得有点不真实。为此他问过林老师：她这么漂亮，怎么会还没有男朋友？林老师回答：你这么优秀，不是也单身吗？于是他释然了。而更幸福的是，林雅也接受他。于是二人就交往了，交往了一阵就确定了关系。事发之前，他们已经同居两个来月了。

　　林老师打来电话的时间，是中午十二点半左右，蒋永杰吃好饭在办公室休息。办公室两人一间，同事在外面跑。这事儿发生在上周五夜里，今天周二了，林老师恐怕也不是第一时间得知，得知后应该是又考虑了一阵才和他说的吧。蒋永杰神情呆滞地坐着。他感觉到心里有些疼痛，但是又认为自己没有做错什么。他本来是不抽烟的，这时他看到同事的桌子上放着几支散烟，以及一个一次性打火机，突然就有了抽烟的欲望。他拿了一支，点燃，猛抽一口，呛得连连咳嗽。他深深地叹了一口气，一个多星期前，还自以为是世界上最幸福的人呢，可没想到，这么快就梦醒了！

　　丑闻传到他耳朵里，真是犹如晴天霹雳！她的女朋友林雅，他如此深爱，又是如此美丽清纯的林雅，居然是别人的情人！或者可以说是"二奶""小三"，反正就是那个角色！这事儿怎么曝光的呢？说起来就像是"蝴蝶效应"。起因是一件跟自己毫不搭边的事。土管局的一名科长，因为贪污被查了。然后牵连到一个老板违规审批土地的事。然后又是一名街道主任被举报，他在一个过境国道线拓宽项目上，给这个老板多赔了几百万拆迁款，涉及贪腐。随后街道主任被抓，交代出林雅竟然是他的情妇，而且接受过他的钱。而这名街道主任四十岁还不到，本来前程大好，有机会竞选副市长的。他的老婆，据说还是本地最大的珠宝商。街道主任偶尔会在电视上露面，蒋永杰当然认得，一副冠冕堂皇的样子。

　　因为他们的关系已经公开了，所以，那一刻他恨不得在单位里立即消失。事实上，他也立刻消失了，本来不出勤

————————————— 到南方分手

的，主动跑到外面去了。那天晚上，在两人租住的房子里（也就是林雅出事的地方），他责问她到底怎么回事。林雅无言以对，只是哭。后来她说，当时她在酒店，刚上班，不懂事，又虚荣，就被蒙骗了。

这么说就是事实了！蒋永杰的心疼痛得厉害。听到丑闻后，他还强烈地希望着她不承认呢！尽管自己也认为有点自欺欺人。一股彻骨的寒冷让他心里打了个寒战。顿了顿，他问："他有没有说过要离婚？"林雅流着泪说："说过，但一直没做，所以后来我就知道是骗我。"蒋永杰又问："给了你多少钱？"林雅说："没多少，不像外面传的那样。去年就分手了，给了二十万分手费。"蒋永杰呆呆地不说话。林雅又说："之前就想跟他断了，认识你之后，就果断地与他分了手。"蒋永杰冷笑了一声，说："我现在凭什么再相信你？！"林雅说："短信内容。你可以去移动公司查的。手机上的，我都删了。"蒋永杰心里有个声音在说服他，林雅的话是可信的，但是，他又决然地认为：如果是找对象，那可以接受，自己不也找过嘛，但这样实难接受，一个完美的东西有了致命的瑕疵！他的心疼痛得厉害。林雅突然扑过来，想要抱住他。蒋永杰却一把把她推开，并且重重地打了她一耳光，然后他就离家出走了。他跑到自己那套正在装修的房子里，耍泼般地发泄，把好多东西都砸烂了，然后打电话给她，告诉她一切都结束了！当晚他住小宾馆，第二

无处可逃 ———————————————————

天起，借住在一个尚未结婚的高中老同学家了。

之后的事情他就不管了。直到今天，听到她跳楼的消息。

## 2

蒋永杰将车停在小区外面，然后走进去。车是单位的，引人注目，以前有几次他开车来的，说不定有人认得。他倒不曾考虑要买车，因为林雅有车，白色全玻璃天窗的起亚。现在车在哪里呢？也许在她小姐妹那里吧。这是林雅租住的地方，一个地段不错的老小区，也是他两个月来的温馨爱巢。两个人好了后，林雅让他配了一把钥匙，他决意分手后，钥匙倒是没丢掉。昨天中午，听到她跳楼的消息，他拒绝了去医院探望，然而今天下午，却有了想来看一看这个出事地点的念头。这念头越来越强烈，挨到下了班，他在办公室里换上一套便装，出发了。傍晚时分，小区里弥漫着一种安详的气氛，人们进进出出，在各自的生活里扮演角色。他走进去，抵达比较里面的一栋六层的旧楼，其实小区里差不多都是这样的楼。走到楼道下面，他忽然停步，往旁边的绿化带看了一眼，那是一排厚实的高度一米左右的植物，颜色深绿，非常茂密，反正是常见的植物，可是他叫不出准确的名字。那个绿化带，似乎有一点凌乱，有一种被压过的痕迹，但也不是很明显。很快他收回目光，往楼上走去。

————————————到南方分手

有个四十来岁的男人和他擦肩而过，不知道认不认得他，他脸色有点灼热。一个漂亮姑娘跳了楼，不知道这些邻居们会怎么想，肯定是污浊不堪的想法吧。但有些人又会庆幸没出大事，同一栋楼的，尤其房东，如果真出了大事总归感觉有点晦气。

到了四楼，他掏出钥匙，看看四下无人，就开门进去了，旋即把门关上。房间黑乎乎的，有一股沉闷的气味，空气不新鲜，甚至感觉有点压抑。蒋永杰打开了客厅的灯。这是一个小套间，两室一厅，六十多个平方米，不过装修还可以，虽说装了有几年了，倒不显落伍。房东是一对六十多岁的老夫妻，男的在工商局退休，女的是个老师，几年前老两口就去了上海女儿那里，应该还不知情。他又推开了卧室的门，打开灯，立即一个温馨的空间出现了：一张温暖的大床，床上的被子摊开着，窗帘是好看的花色。蒋永杰感伤地想起来，曾经多少次在这里度过的欢乐时光！墙上贴着一些林雅的照片，她是那么美，像一个明星。明星好多是化妆的，而她是天生丽质。还有他的一张照片，就贴在电视机上方，躺在床上，就可以看到。这是林雅贴的，贴了还不到一个月呢。蒋永杰在床上坐下来。他想，也许她是爱他的，真心爱的。他想念她的身体了，那温暖而丰满的肉体，于是心里又疼痛起来。突然他想：那个家伙有没有来过这里呢？应该不会吧，他是公众人物，来这里是要冒风险的，再说他有钱，可以去开宾馆啊。这么想着，他突然感到有点恶心。

后来，他站起来，走到窗边去，拉开窗帘再拉开白色的铝合金窗框，顿时一股新鲜空气涌进来。他愣了愣，然后探身看下去，果然看到那一排低矮而茂盛的绿化植物。他像个侦探，还原着那天的情景：从老家回来的当晚，林雅找了她最要好的小姐妹一起吃饭，喝了点酒，然后独自回到房间里。睡在床上，她辗转不眠，想着心事，羞愧后悔俱存，万念俱灰，冲动地走到窗口，拿凳子站上去，往外纵身一跳。应该是这样的吧。时间大约是十点半。幸好她砸在了绿化带上。没死成，又痛，恐怕又后悔了（寻找的死大多这样）。也真是凑巧，有个住同一楼的人刚好回来，听到了那一声，跑过来一看大吃一惊，立刻就报了警，又打电话给她小姐妹——想到她遭受的痛苦，蒋永杰的心又疼痛起来。他想，万一，她死了，自己会怎么样呢？是更加伤心还是比现在轻松？真是难以想象。

在房子里滞留了大约二十分钟，他才熄灯关门，静悄悄地走了，晚上还有工作。

## 3

第二天中午，不到一点的时候，蒋永杰刚吃好饭，接到了一个电话，是装修的包工头打来的。包工头是他一个同事介绍的，同事家去年装修了。本来他想找专业的装修公司的，但比较了一下，价格相差很大，又去看了同事的家，觉得活儿也不错，就交给他了。

包工头说："小蒋，那你打算怎么办？"本来硬装已进入后期，地、墙都已经弄好，卫生间也差不多了。但那天被他砸得稀里哗啦，工程就停下来了。

"再说好了。"蒋永杰说。

"做了一半，总不好吧——停起来，我就要安排人去别的地方做了。还有，材料款也都垫着。"这个包工头其实蛮实在的，先不说工资。

顿了顿，蒋永杰说："可我现在真的没心情。"

包工头理解地说："我晓得，我晓得。"但听得出来，他很郁闷。

而蒋永杰也理解他的郁闷。

过了会儿，他就想去那房子看看。房子有点远，一个新楼盘，万科的"金色家园"，位于城北。他打的过去，十分钟左右到了。门卫问他干什么，他说了是业主，住几号楼几号房，门卫便放行了。其实装修时在门卫这办过手续，就是这一位，可能对他还有点眼熟，再者他穿着警察的制服。他打砸东西的那一晚，楼下的住户知道了，还上来探查过。他不知保安是否知道，会怎么想他。唉，随他们怎么想吧。

他的房子在十一层。这楼挺高的，他没数过有多少层，大概是二十几层吧。他开了门，走进去，满地狼藉出现在眼前。他转了一圈，像是想打扫一下大战后的战场，却又无从下手。最后他找到一张装修工人干活用的小凳子，坐了下来。装修材料散乱一地，工具好多不见了，显然已经被拿走了。这房子有一百四十多个平方米，说是 LOFT 格局，也就是带内楼梯的跃层式格局。那天他先推倒了施工用的架子，然后把卧室里固定在墙上的衣柜砸了一个洞，又把卫生间里的镜子砸了，一地亮闪闪的碎片。砸的时候他感觉真爽！但砸完了就后悔了，非常后悔，毕竟不是有钱人。但后悔着又把墙纸撕掉了一大片，心想反正完了，那就一起都完吧！简直就是胡作非为，但又是一种本能的冲动，就像他刚听到丑闻时，想去揍那个街道主任一顿的心情。他砸完了竟又有了一种爽快的心情，然后就给她打电话。然后楼下的人上门来了，是个中年妇女。他开门，那人看了一眼，就下去了，因为他满脸是泪，她竟不敢问了。

这会儿，坐在破败的新房子里，蒋永杰又有点后悔了。买这房子花去了他所有的积蓄，外加三十年按揭，如果不是父母亲资助，都没法装修。父母给的也不够，林雅说到时候她会拿出来补。砸房子这个事，林雅父母亲应该是知道了，但他的父母亲还不知道，他们甚至可能还不知道那件丑闻。前两天母亲还打来电话，问他房子装得怎么样了，什么时候带林雅一起回家。他无言以答，支支吾吾地应付了几句。父母亲对这个准媳妇喜欢得不得了，正喜滋滋地准备着儿子下半年的婚事呢。他有些愧对父母！怎么跟父母亲交代呢？到时候再说吧。至于这房子装修的事，现在也还没心思考虑，过几天再说吧。

愣坐了一会儿，他出去了。

下午三点多，蒋永杰和一名同事出外勤。一名协警打电话给他，说商业城有人打架，要求增援。他和同事开车火速赶去。到商业城门口，看到那名协警已初步控制住事态。是两拨人打架，为女人的事，都是二十郎当的小年轻，六七个，见了警察也不避开，因为都觉得自己吃亏。一打听，事情是这样的：其中一个平头戴眼镜的小伙子，跟一位在商业城做营业员的女孩子谈恋爱，后来女孩子移情别恋，爱上了那个头发挑染出一片蓝的小伙子。前男友不甘心，老是去滋事，刚才被现男友碰到了，双方撕扯起来，然后各自叫了两三个朋友来干架。虽然没有凶器，用拳脚干仗，但两个主角都挂了一点花，不过也没大碍。这种事情，蒋永杰他们碰到得多了，尤其晚上酒吧门口，一个个都是情欲高涨、不知深浅的浑小子啊。他和同事教育他们一顿，本想也就算了。没想到，那个头发挑染的小伙子不依不饶，非要他们把那个先动手的平头戴眼镜小伙子抓起来。

蒋永杰说："大事化小，大家都让一步算了！"

头发挑染的小伙子说："我就是要出口气！平白无故被他打了！"他鼻子流血了，一个手摁着，衣服上也有血迹，样子是有点惨的。

平头小伙子倒是不吱声，他衣服被扯破，耳朵边也有一点血迹。

蒋永杰对染发小伙说："凭什么把他抓起来？我看你们都差不多！走吧走吧，都给我安分点！"他的意思是，两个人受伤程度差不多，性质也差不多。

染发小伙子居然说："你警察处事这么不公正！好，到时候，我再叫人跟他打！"

蒋永杰勃然生气，手指着他喝道："我警告你不要滋事！到时候你再打架，我就把你抓起来！"

哪知染发小伙子也不示弱，也伸出手来，指着蒋永杰说："你警察了不起啊！什么态度！你办事不公正，我到时候投诉你！"

蒋永杰气咻咻道："你投诉好了！"

这时候，同事连忙出来打圆场。同事比他大将近十岁，既威严又温和地跟那个染发小伙子说了几句。那位协警也两边劝说，总算把这帮浑小子们劝散了，各自朝两个方向走去。那个染发小伙子走出几步，回过头来狠狠盯了蒋永杰一眼，嘴里嘟哝了一句。

蒋永杰一声不吭。完事上了车，蒋永杰开车，同事坐旁边。同事说："你跟他们较什么真？一帮不懂事的毛小孩，不知天高地厚的，弄不好会把事情搞大的。"

其实，此时蒋永杰也觉得自己刚才有些冲动，但没有说话。

没想到第二天上午，所长找他谈话了。不是举报，是同事跟领导汇报了。同事是出于谨慎。他有些不爽，但也没特别的恨意。现在警察不好做，有人举报领导也是要担责的，还会影响警察队伍的整体形象。

所长把他叫到办公室，说了昨天的事，问："是这样吗？"

蒋永杰低着头，说："是的。"

所长先沉默，过会儿说："不应该把个人情绪带到工作中来，你知不知道？"

"我知道。我错了。"蒋永杰说。

所长说："那就好。不要到时候真有人投诉。"

"对不起。不会的。"蒋永杰说。

然后，所长就让他走了。

## 4

又到了周二的下午。前一天蒋永杰值夜班，这样后一个白天可以休息。上午睡觉，他起来后有些茫然、忧伤，吃了中饭后，这种感觉越来越强烈，他控制不住想去看她的念头了。他去水果超市买了一箱山竹，那是她最喜欢吃的，又另外买了几样水果。两点多钟，他开车出发了。车是同学的，黑色的朗逸。实际上，前一天晚上，他就给林老师打了电话，问了林雅的病房位置。

骨伤科医院有点远，在西郊。大约一刻钟后，他到了那里。车开到住院大楼门口停好，蒋永杰拎着两袋水果进去了。她在五楼。他乘电梯上去。在白而洁净的楼道里走过去，到了那间病房门口，踟蹰不前。他看到墙上贴着牌子，写着林雅的名字，还有另外一个人名。

他听到里面有说话声，迟疑了一下，还是推门而入了。他第一眼看到的是林雅的妈妈，坐在靠里面的那张病床边，正跟一位村妇模样的女人聊天。蒋永杰走进去，林雅的妈妈表情有些愕然，看来林老师并未告知她。林雅平躺着，身上盖着医院的薄被，一条腿直伸出来，打着石膏，还用牵引器拉着，脸上也贴着一小条纱布。她闭着双眼，不知是否睡着。走到跟前，蒋永杰对已经站起来的女人叫了一声："阿姨。"林雅妈妈还在惊愕中，略微有一丝别的表情，似乎是惊喜。她说："哎，你来了。"她马上弯腰，搭了搭女儿的肩，小声说："小蒋来看你了。"蒋永杰注意到，林雅的眼皮轻微跳动，睁开了一下，旋即又闭上了。

他放下东西，转过身来，看着林雅，默默无言。她是那么美，又那么无助。他的心在一阵阵绞痛。林雅妈妈说："哦，我们出去转转，小蒋你坐会儿吧。"然后她就拉着那个村妇模样的女人出去了，后者估计是来探视的乡下亲戚吧。蒋永杰想，她是故意避开了，给他们一个单独的空间——其实也不单独，旁边还躺着一位中年女病人，不过似乎睡着了。林雅的妈妈虽说是个村妇，可气质不错，依稀还可看出年轻时容貌尚好。她生育了两个女儿，林秀和林雅，名字好听，人也都很漂亮，应该是得益于她的遗传。蒋永杰说好的。林雅妈妈出去后，把门带上了。他在林雅的床边坐了下来。

他先环顾了一眼病房，然后将目光落到了林雅的脸上。默默地注视了一阵，他说："小雅，你姑妈打电话给我的。"

林雅沉默，依然闭着眼睛。

"真傻！怎么会做出这种事来！"

她表情很平静，眼睫毛略微抖动。

蒋永杰又说："很不好受吧。这样要躺多少时间？"

过了好一会儿，她终于闭着眼睛开口了："至少要两个月吧。"

蒋永杰说："这怎么受得了！天气马上热起来了，要洗澡什么的。"

她叹了一口气，说："是啊，苦了我妈了。"

蒋永杰想，那么她是后悔了，是后悔跳楼呢，还是后悔跟了那个街道主任？当然也许都后悔吧。

他无声叹息着，爱惜地凝视着林雅，发现她的眼角有眼泪在流出来。他柔肠百结，感到心又疼痛起来。他自问着：怎么会这样？本来好好的生活，怎么会突然间弄成这样了？突然他想：如果那个街道主任不出事，自己一直不知情，那么又会怎么样呢？当然自己会和她结婚，然后生小孩，生活在一起，会不会幸福呢？真的不知道。也许会的吧——唉，也许情愿不知道！但是，他们会联系吗？也不知道。反正自己就是被蒙在鼓里，这样的幸福也是有缺憾的吧！他的心在疼痛着。

默默坐了一会儿，蒋永杰说："那你的店呢？"

林雅睁开了眼睛，说："店不要紧，她们会管的。"蒋永杰想，是听她说过，品牌店的管理比较轻松，网上单子下过去，衣服就会发过来。林雅伸出一条白皙的手臂，抽了一张放在枕头边的纸巾，擦拭掉眼泪，又把纸巾揉成一团，搁在床头柜上。

过了会儿，她问："你呢，这阵子忙吗？"

"差不多。"蒋永杰说。

沉默。继续沉默。

又过了会儿，蒋永杰说："那我走了。"

他站起来。突然，林雅说："等等。"

蒋永杰愣着。只见她从枕头下面掏出一样东西来，递给他，说："这个，还给你。"

蒋永杰又一怔，但下意识地接着了。他凭手感知道这是什么。他非常难过，不知道接还是不接，但最后还是接了，握在手心里。他看了林雅一眼，她又双目紧闭了，眼泪又从

　　　　　　　　　　　　　到南方分手

眼角处流出来。他不忍看，就赶紧转身，说："那我走了。"

她没有说话。

在走廊里，没有看到林雅的妈妈。乘电梯下来，也没看到。出了大门，蒋永杰往车子那边走去。快走到一个花坛边，突然地他再度感觉到手掌心里的东西了，如同一颗灼烫的炭。他站住了，摊开手掌，看着那条银光闪闪的项链，以及那颗小小的坠子。这是一条白金钻石项链，今年情人节他送给她的，那时候他们刚同居。他花了九千多块钱，算是第一份像样的，也让他花了心思的礼物。她很开心，开心得不得了，抱着他亲了好几口。本来他想连戒指一块买了，但她说，戒指还是结婚前买吧。现在她还给了他，看样子是已经准备好的。那么也就是说，他们的关系结束了。这不是她提出来的，但是她认可了。蒋永杰又想，也许她是做一个姿态，一种试探，如果他不收回，那么说明还有可能。

他突然想到，两人好上了后，自己身上的衣服都是她买的。他又想到了她更多的好，她给他做饭、洗衣，给他父母亲买礼物——还有，她美丽温暖的身体——想来，她是多么希望做他老婆的啊。而自己也曾多么希望娶她为老婆。但这一切，从此只能是回忆了——他的心在疼痛着。

打开车门，坐进去后，蒋永杰突然眼睛一酸，眼泪夺眶而出。